長編超《スーパー》伝奇小説
魔界都市ノワール

菊地秀行《きくちひでゆき》

兇月面《きょうげつめん》

NON NOVEL

祥伝社

CONTENTS

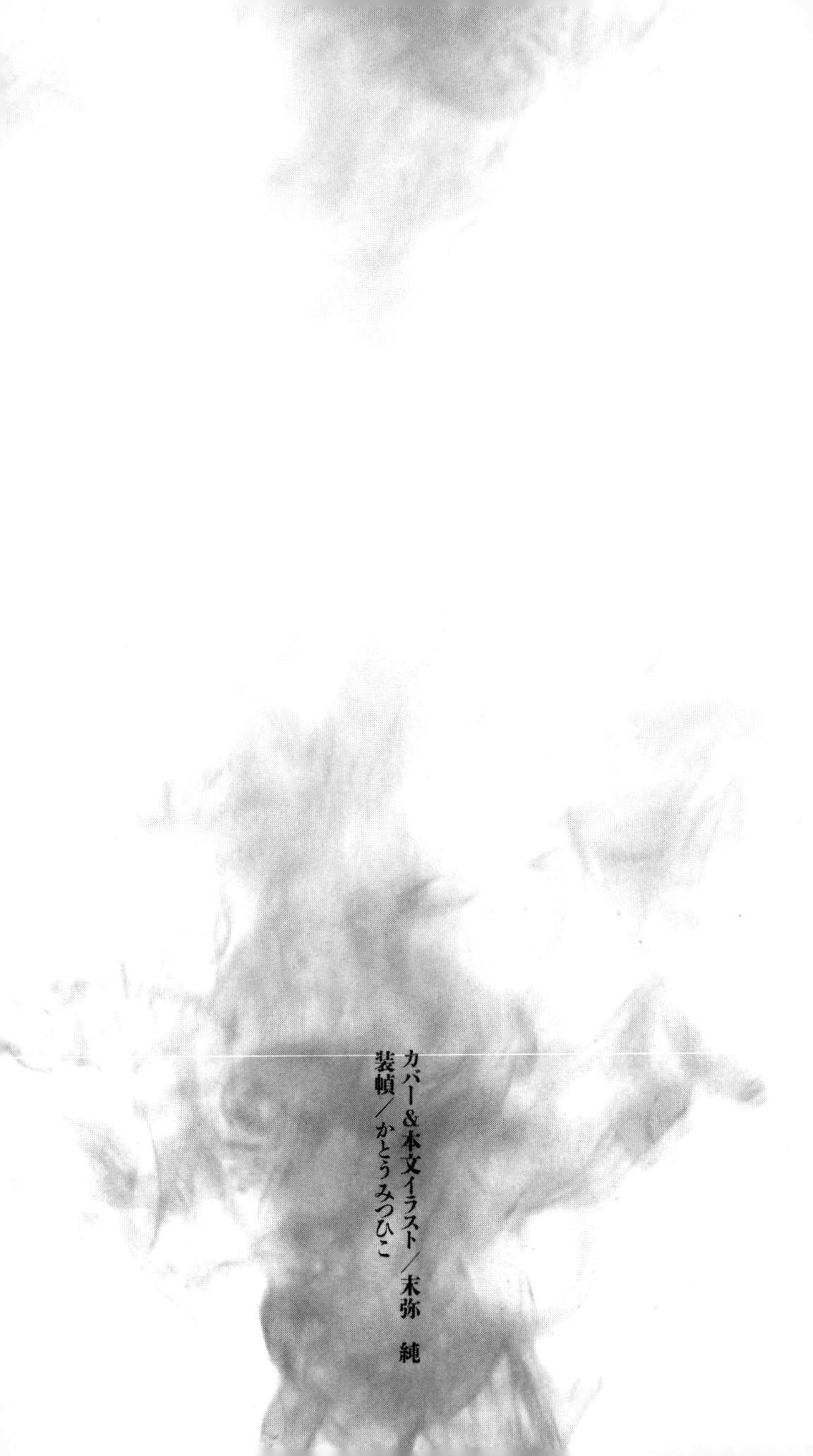

カバー&本文イラスト／末弥　純
装幀／かとうみつひこ

第一章　ドラム・バッグの男

1

真夜中《ミッドナイト》とは何時《いつ》を基準に決定されるのか。

午前零《れい》時。

これ以降を真夜中《まよなか》と呼ぶならば、黒いドラム・バッグを提《さ》げたその男はまさしく真夜中《ミッドナイト》にやって来たのだった。

徒歩で〈四谷《よつや》ゲート〉を渡ると、男は足を止めてダーク・グレイのコートの下に着た柿《かき》色のシャツの前を開いた。浅黒い肌の上に、小さな光が揺《ゆ》れている。

男はそれをつまんで額《ひたい》に押しつけた。

細いチェーンに付いた黄金《きん》の十字架であった。奇妙な形をした唇から、低い声が漏《も》れた。

「――主《しゅ》よ」

祈りであった。

零時といえど、〈ゲート〉の通行量は多い。

像のように動かぬ男のかたわらを、様々な車輛《しゃりょう》や人々が過ぎる。

〈魔界都市〉を訪れる期待と興奮と緊張にこわばった顔が、男のそばを通り抜けると、ひどく穏《おだ》やかなものに変わっていることに、当人たちは気づいているだろうか。

それは路傍にたたずむ男と等しい、大いなるものを信じていた古代の修行僧たちのごとき敬虔《けいけん》な表情であった。

二四時間この町における変化といえば、天に昇るのが陽《ひ》か月か、であった。

通りをうろつく人の数も、そのざわめきも、妖気を含んだ空気も、常に飽食《ほうしょく》の時間《とき》のように満ちている。

午前零時――真夜中を迎えても、店舗の多くは店を開けている。

「マクドナルド」をはじめとするファスト・フー

ド・ショップ、「北の家族」等々の飲み屋、ゲーム・センター、狂気じみたサービスが売りものの各種風俗店、深夜専門の映画館、ジャズ・バー、喫茶店、アダルト・ショップ、武器店、病院――店とはいえないが、交番や簡易裁判所も忘れてはいけない。

どれも派手なレーザー照明や電子看板に飾られ、真っ当なレストランさえも、ビキニ・ブラと紐《ひも》パン姿の娘を客寄せに立てる町だ。

だから、こんな一軒は誰の眼にも留まらない――とは言えなかった。

店の前もショー・ウインドーの内部《なか》も、この町にはおよそ似つかわしくない清楚可憐《せいそかれん》な色彩に飾られ、水商売らしい白シャツ、蝶《ちょう》タイの男や、毒々しいデザインのドレスを着た女たちが、ひっきりなしにやって来る。これから彼らの下を訪れるに違いないスーツ姿のリーマンや観光客が加わって、狭いエントランスは、パンチや蹴《け》りの応酬を見守ったこともある。

ショー・ウインドーに吹きつけられた白い蛍光塗料の文字はこう読める。

ＡＷＳフラワー

〈歌舞伎町《かぶきちょう》〉の住人なら知らぬ者のない店は、奇妙な店長と官能で出来ているような姉妹、そして、配達用のジェット・チャリを駆る少年の四人から成っている。

今、

「帰還～～～」

と叫びながら、車道から時速二〇〇キロで乗り上げたチャリを、神技に近いブレーキとハンドルさばきで、ウインドーに横づけにしたのが、その少年だ。

珍しくひと組しかいない客の後から店へ入ると、レジ台の向こうにいた、途方もなく色っぽい女が、

「あら麻呂亜《まろあ》さん、お帰りなさい」

と、濡《ぬ》れ光る厚めの唇を笑いの形にした。

「あれ、柊子《とうこ》さん、店長は？」

素早く店内を見渡した少年の眼には、奥で花々に霧吹きで水をやる、これも官能の塊《かたまり》だが、柊子よりやや清楚な感じの娘しか映《うつ》らない。

彼が近所のバーへ配達に向かった六、七分前には、霧吹きを使っているのは店長だったのだ。

「それが、何だか――」

柊子が笑顔を消して、奥の妹を見つめた。眼が合うと、

「ねえ、美也《みや》さん？」

相槌《あいづち》を求めるように訊《き》いた。

霧吹きの娘がうなずいて、

「急にこの霧吹きを私に預けて、出かけてくるって」

と言って、不安の表現か、空いている片手を胸に当てた。


レジ前の二人組の客が、眼を閉じて後ろを向いた。

身体《からだ》に異変が生じたのである。ズボンは隆々とテントを張っていた。

この店が昼夜を分かたず大繁盛なのは、商品のよさもあるが、この二人の女店員が、その風体《ふうてい》接客とも異常の極《きわ》みでもあるからだ。

柊子のほうは大胆にウェーブをかけた黒髪だけでも官能的なのに、男ものの長袖《ながそで》のシャツの胸もとをほとんど肩脱ぎになるくらいまで開けて、こうなると乳房はほぼどころか全開になるはずが、間一髪《かんいっぱつ》で紫のブラがその先を隠して支え、見た者は間一髪というか、もう少しで見えるのに症状ともいうべき状態に陥《おちい》って、ほとんど錯乱してしまうのであった。

うっすらと表面に刷《は》かれた脂肪《あぶら》が匂《にお》い立つような豊かな乳肉《ちちにく》が、九十数センチの豊かで、張りのある曲線《カーブ》を描きながら、眼の前にあるのだ。そして、柊子がうなずき、俯《うつむ》き、のけぞるたびにゆさゆさと

揺れるわ、奥まで覗《のぞ》けるような位置に移るわ、この店で花を買うのはもう拷問《ごうもん》なのである。

妹の美也は、そこまでしないが、Tシャツの胸は姉並みに盛り上がっているし、しかも、ブラ付きの姉と違ってそっちの役目は乳とTシャツに負わせているため、先端の二つの隆起がはっきりと見える。

これだけで、男性客は脳内真っ白、官能の火あぶりに遭《あ》っているようなものだが、二人ともシャツは店長と同じく白、柊子は袖を肘《ひじ》までめくり上げて、その前を鳩尾《みぞおち》の上あたりで結び、ローライズのスラックスとの間から、ダイヤらしい宝石を嵌《は》め込んだ臍《へそ》がもろに見える。とどめを刺すように、二人ともどう眼を凝《こ》らしてもパンティ・ラインは影も形もなく、その内側を想像してか、必要以上に長い商品物色中に、鼻血を噴《ふ》いたり、意識混濁で倒れる客たちが続出するのだった。

軽蔑《けいべつ》では決してない、心から嬉《うれ》しそうな笑顔の柊子から薔薇《ばら》の花束を受け取って二人がふらふら去ると、

「ざまあねえな」

麻呂亜少年が、こちらは露骨に軽蔑の声をエントランスに投げつけた。それからみるみる不安な表情をこしらえ、同じく心配そうな美也へ、

「例のごとく、何も言わなかったよね。何も訊かなかったのかい？」

「一応、どちらへ？　って」

「返事は、なし」

と柊子が付け加えた。

「何も持たないで？」

「そよ」

これも柊子である。

「素手かよ――いちばん危《やば》いパターンじゃねえの」

「ただ」

美也が表情を――十倍も暗くした。

「持ってったわよ――蒼《あお》い薔薇を一本」

柊子は知らなかったのか、拳《こぶし》を口に当てて悲鳴

を噛《か》み殺し、

「何てこった。もっと悪いじゃねえか」

と麻呂亜は立ちすくんだ。

ちょうど、客が入ってきた。

「クラブの姉ちゃんに贈るんだ。いちばん高価《たか》いのを一〇本ばかり包んでくれよ」

人の好《よ》さそうな中年のリーマンは、気楽にこう注文してから、何だかよくわからぬまま、呆然《ぼうぜん》の仲間に入ることにした。


午前零時一五分。

「真田《さなだ》直売」社長・真田正之《まさゆき》は、〈矢来町《やらいちょう》〉の自宅に待機している社員から、とんでもない知らせを受けて、妻のマキと一戦を交えた後の心地よい眠りから跳《は》ね起きた。身体は紅《あか》く光った。天井のライトが紅いのである。ラブホのように安っぽく淫《みだ》らな室内であった。

「もういっぺん言ってみろ」

襖《ふすま》の向こうの社員は、

「〈亀裂〉の加山《かやま》から連絡です。商談の最中に殴り込みがあったそうで」

「すぐ事務所の連中をやれ！　いや、おれが行く。おまえらもついてこい！」

ベッドから下りようとする手に白い腕が蛇のように巻きついた。

「ねえ、どこ行くの？」

「聞いたろう、〈亀裂〉だ」

「あんなところへ殴り込んだ奴がいるとは驚いたわね」

「だから行くんだ。離せ」

振りほどこうとしたが、白い生腕は、さらに強く真田の剛腕へ食い込んだ。

「あたしも連れてって」

「なに言ってやがんだ。女の出る幕じゃねえ」

真田は叫んだ。なぜ怯《おび》えている風に聞こえるのか。

「そう言わないで。あたしが出てったほうが面白くなるわよ」

妻の声は、高いくせに熱い泥のようにねっとりと流れた。応《こた》える真田の声は、もっと高く変わっていた。

「面白くするんじゃねえ。収めに行くんだ。おめえなんかが来たら」

真田はふり向いて、妻の方を見た。

上掛けの下から白い生腕だけが覗いている。ただの腕だ。だが、上掛けの奥で、何かがこちらを見つめている。

妻という名の何かが。

「連れてってよ」

「やめてくれ」

真田の声は嗄《か》れていた。いかつい頬《ほお》を、冷汗がすうと伝わった。

「おまえが来たら、何もかも滅茶苦茶《めちゃくちゃ》だ。頼むから外へ出ないでくれ」

「それで、あたしをつないであるの？　こんなもので」

ベッドの後端で、鎖《くさり》の触れ合う音が鳴った。

「そうだ。それがおまえと一緒になる条件だったろうが」

「今日だけ例外になさいよ。早く手を打たないと、今回の件は、あなたの生命《いのち》取りになるわ」

真田は石と化した。

「本当か？」

と訊くまで、数秒を要した。

「本当よ」

淫らな赤い照明の中で、さらに数秒が過ぎた。

「よし」

生命を駒にする賭《か》けのような声を上げて、真田は妻の手を引いた。

ずるずると現われた腕は、一メートルを超えていた。

2

零時一〇分。

「商談」が開始されてから、一〇分と少し経《た》っていた。

「真田直売」からは、取引部長の新堂《しんどう》と営業部員の有村《ありむら》他四名。もうひとりいた社員は、緊張のあまり使いものにならないと地上へ戻されていた。

「商談」の相手は、「〈新宿区亀裂内遺跡〉研究課」の課長補佐・平間親平《ひらましんぺい》であった。

両者の関係はすでに一年を超える。

〈亀裂〉内に存在する超古代の〈遺跡〉から発見された遺物の一部が、〈区外〉と海外の好事家《こうずか》に異様な高値で売れると「真田直売」が気づいたとき、彼らは「研究課」内で最も御《ぎょ》しやすい人間を探しはじめたのである。コンピュータを一度起動させただけで浮かび上がった適任者が平間であった。

電子情報のとおり、女遊びと家のローン返済のための借金が、一〇〇〇万を超えていた平間は、たちまち「真田直売」の誘いに乗った。

ほくそ笑んだ「真田直売」の誤算《ミス》は、平間は気弱なくせに居直りやすく、かつ遺物の値打ちを知悉《ちしつ》していたという点に尽きる。

「〈区役所〉にチクってもいいのかよ?」

という脅《おど》しに対しては、

「構やしないよ。どうせ放っといても借金がバレれば馘《くび》さ」

と返し、

「あんたの替わりは幾《いく》らでもいるんだぜ」

と凄めば、

「あんた方の情報はみんな、おれの友人知己《ちき》のPCへ送ってある。おれが一定時間行方《ゆくえ》不明になると、自動的にスイッチが入って、ざっと一〇〇人が、あんたたちの真の姿を知ることになるよ」

そして、こう付け加えた。

「おれも莫迦《ばか》じゃない。あんた方を敵に廻《まわ》して脅《おど》しをかければ、いつか殺されるだろう。だから、法外な要求をするつもりはないんだ。あんた方も、少し我慢してくれ。そうやって長い付き合いにしていこうや」

今日の「商品」は、一〇日ばかり前の調査で発見された土偶だった。

遮光器《しやこうき》土偶という奇妙な形の土偶があるが、これはずっと人間に近い形の——しかし、

「まるで蜥蜴《とかげ》と人間の合体だ」

と、有村が呻《うめ》いた。

「しかも、リアルだろう? 縄文《じようもん》時代の土偶は顔もはっきりしてるが、あれは後期になってからで、前期のものはほとんど顔がない。だから、土偶というのは心霊を具象化したものだと言われてるんだ。心霊というのは、本来姿が見えないものだったんだろう。当然、顔もない。はっきりしてきたのは、心霊の顔がわかったというより、作るほうがあきらめたんだろう。逆に言うと、人間以外で鮮明な顔をしている土偶は、そんな顔の連中が存在してたってことになる。人間にしろ心霊にしろ、な」

「けどよ——これだと、人間と蜥蜴の混血がいたことになるぜ」

「別におかしくはないさ。それが見つかった遺跡は、放射線測定で一〇億年も前だ。地上の歴史を正しいとする限り、人間も蜥蜴の祖先も生きちゃあいない。しかし、それは確実にその時代に存在した。おれたちは自分の星の歴史について何ひとつ知っちゃあいないんだ」

「何でもいいさ。その辺を考えるのは、もうあんたやおれたちじゃあなくて、金を払ってくれるお客さんだ。値段を決めようや」

「いいだろう」

と平間が、組み立て式のテーブルから土偶を取り上げ、愛おしげに撫《な》でた瞬間、〈亀裂〉に面した方角を見つめていた営業部員が、

「てめえ、何者《なにもん》だ⁉」

と上衣の内側に右手を走らせつつ立ち上がった。

全員が眼をやって、〈亀裂〉を背に立つ長身の影に焦点《フォーカス》を合わせた。

一同がテーブルをはさんでいる場所は、〈亀裂〉から一〇メートルばかり奥に入った「〈遺跡〉研究課」のラウンジである。

椅子《いす》とテーブルの他、休憩用の長椅子や簡易キッチン等が並んでいる。そこから五メートルも進めば奇怪な石柱や石壁の〈遺跡〉だ。

〈亀裂〉との境には頑丈な金網が張ってあるが、人影の背後のそれには、人ひとりが楽々と通過できる穴が開いていた。切り抜いたものか、灼《や》き抜いたものか、或《ある》いは素手で押し破ったものかはわからない。

だが、地上から一五〇〇メートル――簡易エレベーターしか昇降手段のない地下の一角に、音もなく立った侵入者ならば、そのどれもが可能と思われた。

「てめえ、何者だ？」

有村が繰《く》り返した。

「どうやって来た？」

ごつい拳銃《けんじゆう》やレーザー・ガンを抜いた社員たちを押しとどめて、新堂が訊いた。やはり最大の疑問なのである。

他の男たちの眼は、侵入者の全身に注がれていた。戦い慣れている男たちの常で、敵から眼を離そうとはしないが、本心は顔を見合わせたいところだったであろう。

思いはひとつ――

何だ、こいつは？

一九〇を超す長身と身体つきからして男だ。

だが、その顔は木とも粘土とも取れる材質の仮面に隠され、面自体も眉間《みけん》から鼻すじ、顎《あご》の真ん中から真っぷたつに――白と黒に塗り分けられている。

テクニック以前の素朴な観念の赴《おもむ》くままに開け

られた無愛想な眼窩《がんか》の奥で、黒い瞳が施設と一同を映している。

「そこから動くな」

ひとりが威嚇《いかく》すると同時に、仮面の男は靴音も高くこちらに向かって歩きだした。

地面は〈遺跡〉の一部――石畳だ。

男たちの視線が新堂に突き刺さった。

「足を狙え――吐かせるんだ」

同時に火線が迸《ほとばし》った。

火薬と光の生んだ炎が、男の両足に集中する。

男の右手が太腿《ふともも》の前を振り子のように動いた。

攻撃者たちの眼が、かっと見開かれた。秒速七〇〇メートル（マッハ2）で突進する鉛の弾丸も、六〇万度のレーザー・ビームも、黒いドラム・バッグに防がれたのである。

二撃目が来る前に、バッグが躍りかかった。

回転しながら飛来したそれに胸部と肺とを叩《たた》きつぶされて二人の社員が即死した。

跳ね返ったバッグは床に落ちるや、奇妙な物理法則に導かれて跳ね上がり、拳銃を向けた有村の顔を粉砕した。

血と脳漿《のうしょう》が新堂と平間の顔に飛んだ。

バッグの動きは、決して反動の法則には従っていなかったが、男の手に戻るべく描いた優雅な弧は、確かに反動の産物だったのである。

バッグをぶら下げて、仮面の主はまた歩きだした。

「この野郎」

残る社員のうちひとりが、仮面との間の床に、シールド構成弾を放った。

音もなく、仮面の前方三メートルほどのところに、縦は天井まで幅は左右の壁までに達するガラス状のシールドが張られた。

これは一二〇ミリ戦車砲も跳ね返す電子の壁であった。ただし、三分しか持たない。

「部長――エレベーターの方へ」

構成弾を放ったのと別のひとりが、新堂の背を〈遺跡〉の方へ押した。

背を向けたその背後で、何かが砕けるような音が跳ねた。

ふり向いて、男たちは飛び上がった。

無敵のシールドに蜘蛛《くも》の巣が張っている。

仮面の男がドラム・バッグを叩きつけたのだと、新堂たちにはむろんわからない。

わかった。

二撃目がシールドに激突するや、鉄より硬い電子の壁は、木っ端微塵《こっぱみじん》に砕け散った。

呆然と立ちすくむ他はない。

そのとき、〈遺跡〉の方から、重々しい足音と地響きが近づいてきた。

すぐに一同の視界に入ったものは、身長三メートルにも及ぶ石の像であった。

神の姿を彫ったものであろう。腰に布を巻きつけただけの巨石建造物は、右手の石剣をゆっくりと仮面の方へ上げた。

「な、なんだ、こいつは？　ロボットか？」

新堂が、眼を剝《む》いた。暴力沙汰《ざた》に慣れた——どころか一〇人近い人間を殺害している男が、生命を失う恐怖に蒼白《そうはく》の顔だ。

そして、彼はもうひとつ——石像の胸に嵌め込まれた人間の顔に気がついたのである。

「下がれ」

と平間の顔は叫んだ。

「こいつは〈遺物〉のひとつ——超古代の科学が作り上げた石製ロボットだ。エネルギーも構造も不明だが、操縦はできる」

そして、石像は床を揺るがせつつ、仮面の主めがけて歩きだした。

いかに凄絶な力《パワー》を秘めたドラム・バッグを操《あやつ》ろうと、一〇〇トン近い石の巨人相手に効果があるとは思えない。現に、仮面の右手ひと振りで飛来したバッグは、石像の腹部にぶつかり、仮面の手に戻っ

たのだ。

　石像は一瞬のとまどいもなく仮面の前一メートルに近づくと、すでに振り上げていた石の剣《つるぎ》をその頭上へ振り下ろした。

　その重量とスピードからして、衝撃力は平方センチ一〇〇〇トンを超えたであろう。人間など二つになる前にミンチと化す。

　奇妙な音がした。

　はためには、巨像がその音に驚いて途中で手を止めたと見えたかも知れない。

　石の剣は、仮面が頭上に掲げたドラム・バッグに食い込んで止まっていた。

　おそらく巨像の重量は一〇〇トン、石の剣は一トン。停止した以上、衝撃力はゼロとして、その重さを支え得る力が、仮面の主には備わっているのだった。

　だが、さすがにこの圧搾《あっさく》状態から脱する力はないらしく、支える以上の動きは見られない。

「やるなあ、おい」

　像の胸部で平間課長補佐が感嘆した。

「おれはこのロボットより、あんたのほうに興味が湧《わ》いてきたよ。だが、こうなった以上、殺すしかあるまい。悪く思うなよ」

　石像の左手が上がって、仮面の胸を鷲摑《わしづか》みにした。

　肋骨《ろっこつ》も内臓も、軽いひと握りで原形も留《とど》めぬ液状《ゾル》物質と化す。

　そのとき、平間はある声を聞いた。

　彼の位置からは仮面の顔がやや下に当たる。その裂け目としか見えない口から、彼も覚えがある祈りの言葉が漏れたのである。

「……主よ……我が与える死を許したまえ」

　同時に、仮面の向かって右——黒く塗られた眼の下あたりに、何やら細長い影と炎を思わせる形が浮かび上がってきた。

　仮面が上体を右へねじった。

石像がよろめいた。一〇〇トンの石が。

仮面は大きく後方へ跳んでいた。自力で途方もない重量を弾《はじ》き飛ばした身体が、ドラム・バッグを投げた。

それは石像との距離半《なか》ばで、石像の身長に匹敵する長槍《ながやり》と化して、石像の胸を貫《つらぬ》いた。

古代ロボットの創造者は、現代以上に科学と人間との合体に成功していたに違いない。

石像は激しく全身を痙攣《けいれん》させるや、片手で長槍を引き抜こうとした。抜けなかった。それは鋼《はがね》で出来ていたのである。石像の苦悶《くもん》の動きは、人間のものであった。

仮面に迫ろうと二歩前進し、前のめりに倒れた。

地響きを上げるまで、石像は右腕を伸ばし、仮面の敵を握りつぶすべく五指をねじ曲げて崩壊した。正確には、あらゆる関節部が外れ、組み立て前の姿に戻ったのだ。石塊《いしくれ》の下で平間は圧死した。


新堂と二人の社員は、簡易エレベーターの扉の前で、それが開くのを待っていた。エレベーターの函《はこ》は一五〇〇メートル上方から、こちらへ向かっているところであった。本来ならここ止まりのはずの函は、それに乗ってきたもうひとりの社員を乗せて上昇していたのである。はじめて〈亀裂〉へ下りたそいつは、緊張のあまり、錯乱状態に陥ってしまったのだ。

「連絡は取りました」

と、片方の社員がレーザー通信器を折り畳みながら言った。

「じきに社員が来ます」

「いいや」

とやって来た方を凝視《ぎようし》していた新堂が首を横に振った。

「来やがった」

ともうひとりの社員が、武骨なマグナム・オートを握りしめた。

石壁を廻って、ドラム・バッグをぶら下げた人影が現われたのである。

「あの石のロボットもやられたのか。化物め」

三人の瞳の中で、仮面に身をやつした死が、ゆっくりと大きくなっていった。

運命の柿色をした襟元《えりもと》には、小さな黄金《きん》の十字架が、ひと足ごとに揺れているのだった。

3

月光の下を仮面が走っていた。

自転車ほどのサイズの車輪にまたがった若者である。

材質不明の白い仮面には、双眸《そうぼう》と口が無造作《むぞうさ》にくり貫《ぬ》かれ、鼻梁《びりょう》だけがひとすじしなやかに伸びている。

白い長袖の綿シャツと細いブルー・ジーンズの他には何も身に着けていない。

小さな椅子《チェア》の下で回転するノン空気タイヤと、背負った電磁モーター以外は。

蒼い薔薇しか持って出なかったと美也は言ったが、店外に並べてあったこれを忘れていたらしい。

通常は背中に廻し、緊急時には一輪車として使用するワン・タイヤ・ビークルである。三年前の登場時には、若者の無軌道な運転が、しょっ中事故を誘発したものだが、最近はセフティ・フレームの進歩のおかげで、かなり際どい状況からでも生還が可能だ。バランスを崩して車体が傾いても、三〇度までなら復元できるのは、この街の技術のみが成し得た奇蹟《きせき》といっていい。

最高時速は二五〇キロ。このぶっちぎり走行で、彼はすでにひとつの用件を済ませ、店を出てから二〇分足らずでもう一カ所の目的地へと向かっていた。

午前零時二一分。

月光の下の仮面の主は、秋《あき》ふゆはるという名を持っていた。

名前の由来はわからない。生命に満ちた夏とは無縁の男だからという者もいる。

今は七月の末。

だから、彼は仮面を被《かぶ》るのか。

ビークルが停まった。

ふゆはるが降りると、車輪はみるみるうちにふゆはるの背負っていたアームに持ち上げられ、背中に固定された。

眼の前に鉄柵《てつさく》がそびえていた。その向こうには〈亀裂〉が黒い口を開けている。

右手奥の〈四谷ゲート〉では、人と車の出入りがなお激しい。

ふゆはるの両手が面に触れた。

「なるほど、ここから下りたか。〈遺跡〉での商談は聞いているが、それに加わったのか、壊しに来たのか。いずれにせよ、奴が来た以上、〈新宿〉は戦場になるぞ」

そこで終わりだったのかもしれない。だが、白い仮面は左の方を向いた。

〈新宿〉の方を。

パトカーのサイレンが、ぐんぐん近くなってくる。

駐車場へ到着した一〇台以上の車輛から完全武装の人影がこぼれ、一団は簡易エレベーターの方へ、もう一団がふゆはるを取り囲んだのは、それから三〇秒と経っていなかった。

警察にとって、ふゆはるの存在はさしたる注目に値《あたい》しなかった。

その風体も〈新宿〉ならどうということはない。この時間に〈亀裂〉見物に来る輩《やから》は、観光客、〈区民〉を問わずいくらもいる。現に、〈展望台〉には、他に一〇人近い連中が、〈亀裂〉を覗いたり、記念撮影にふけっていたのである。

しかし、数分前、〈新宿警察〉へ入った研究課員からの連絡は、仮面の男が殺戮《さつりく》にふけっていると告げていた。

そして、下《お》りたままの簡易エレベーターを待たず、用意の檻《り》で降下し、戻ってきた警官たちが、全員死亡の旨を伝えたとき、ふゆはるへの疑いは決定的になった。

逆らいもせずパトカーに乗った彼に、付き添いの刑事と警官たちは安堵《あんど》の表情を浮かべた。秋ふゆはるの名を、彼らは知っていたのである。

だが、知らぬこともあった。

彼らのサイレンを聞いてから、駐車場へ侵入するまでの三〇秒間に、ふゆはるがしたことを。

なぜ、彼が逃亡しなかったのか——その理由を。


風と埃《ほこり》を巻いてパトカーの群れが走り去った後、連行を免れた人々もそそくさと帰った後の駐車場の片隅から、ふらりと湧き出た影がある。

二つ。

月光が照らし出す舞台の上で、主役級《クラス》の俳優二名は、いかつい岩のような男と、真紅《しんく》のワンピースをまとった女の姿を露《あら》わにした。ワンピースは爪先《つまさき》まで隠していた。

「来るのが少し遅れたか。しかし、警察も押しかけるとはな。〈機動警察《コマンド・ポリス》〉さえ探知できなかったおれたちを、あいつよく見抜いた。噂《うわさ》どおりの化物だ」

淡々と言う男——「真田直売」社長・真田正之へ、

「わかってないわね、あなた」

と夜に燃え上がるワンピースの女が、露骨な軽蔑と怒りとを隠さずに吐き捨てた。

「なにィ?」

「秋ふゆはるという名を持つ男の言葉——聞いたでしょ」

「ああ。『そこにいろ。来たぞ。じきに会おう』だった。お巡りが来るってこったろう? しかし、なぜおれたちに教えたんだ?」

「何度生まれ変わっても、あんたは同じでしょうね。『来た』のは別のものよ。私がここへ来た理由。叶《かな》えられなかったけどね。そいつと戦うときが来るまで『そこにいろ』――大人しくしてろってことよ。『じきに会おう』は私への挨拶《あいさつ》」

「おれは無視ってか？」

真田は逆上した。キレやすいことこの上ない性格で、古参の社員たちもよくよく気を遣う。

「断わっておくがな、おれが怒ってたのは、おめえが押さえたからだ。何なら、〈機動警察〉も、あの仮面野郎も一〇秒以内に消してやってもよかったんだぜ」

「〈新宿警察〉と秋一族を敵に廻すつもり？」

妻は面白そうに言った。夫軽視の典型のような女であった。

「秋ふゆはるの従兄弟《いとこ》は秋せつらよ」

真田は沈黙した。

少しして、額の汗を拭《ぬぐ》い、

「あいよ。だが、秋せつらの従兄弟だろうが何だろうが、うちの商談をぶち壊して、新堂と有村たちを始末したとなりゃ、放っとくわけにはいかねえぞ」

「なぜ秋ふゆはるが、うちみたいなケチな取り引きをぶち壊す必要があるのよ？」

「ケチだあ？」

「静かに」

〈新宿〉でも最凶悪凶暴で名高い暴力団の組長を一喝で沈黙させ、真紅の女は身を翻《ひるがえ》した。

「仮面が二つ――どちらも知ってる。あたしはどっちに付くべきかしらね」

風に逆らう真紅のワンピースが中身に貼《は》りつき、息を呑むような淫らな肢体線《ライン》を浮き彫りにした。


ふゆはるの身元を確認し、あそこにいた理由が散歩だという主張を覆《くつがえ》す証拠も証人もなく、逆に、彼が〈展望台〉へ来たときから見ていたという観光客が見つかって、結局、釈放で決着をつけるしかなかった。後、担当の英《はなぶさ》刑事は署長に呼ばれた。

「無事でよかった」

「まったくです」

〈新宿警察〉内で交《か》わされるはずもない会話が口火を切った。

「秋ふゆはる——ある意味、従兄弟より厄介な男だぞ」

「わかっております。さんざん聞かされました。しかし、一介の花屋が」

「我々も一介の警官だ。しかし、〈区外〉の同業者の百倍の仕事をする。君はうちへ来て、まだ一年だ」

「何もわかってないって意味ですか。——そんな大物なんですか、あの花屋は？」

「わからん」

と署長は言った。

「彼はさほど有名じゃあない。しかし、正直、どういう存在なのか、さっぱりわからんのだ」

「確かに普通じゃなかったですけど。あの妖気——まだ一年の自分にも、ビンビン来ましたよ。警官のなりたてなら、鬱《うつ》病になっちまいます。しばらく、尾行させてくれませんか？」

「手不足なところに、行方不明を出すわけにはいかん」

顔をこわばらせるやる気まんまんの刑事へ、

「君には相棒をつけよう」

言い放って、署長は立ち上がった。英も後に続く。

部屋を出て、廊下を歩きながら、署長は今日ほど屍《かばね》刑《けい》四郎《しろう》に強い殺意を抱いたことはないように思った。彼はメキシコへ出張中であった。

滅多に通らない通路を選んで、二人は付属の〈警察病院〉へ入った。

地下三階へエレベーターで下りる。

静けさや地底の醸《かも》し出す温度とは別の冷気が、二人を包んだ。

時折すれ違うのは、白衣姿の男女に限られた。

「ここは――確か……遺体保存棟」

英が念仏でも唱《とな》えるように言った。

何度かＩＤカードを示した挙句《あげく》、二人は倉庫内のような一角に出た。

今までとは比べものにならない広い通路の左右に鉄のドアが並んでいる。

その前を通るたびに、

「鯨《くじら》、鮪《まぐろ》、鱈《たら》、鮫《さめ》、鯱《シャチ》……」

と署長はつぶやき、ついに足が止まったのは、

「鬼」

と漏らしたときであった。

二人の眼の前に鉄の扉がそびえていた。

それまで見てきた扉と何ひとつ変わらない。滑《なめ》らかだが、ひどく古いものにも思える表面には、数字と無数の傷がついている。

「ナンバー６６６。『オーメン』ですか?」

「偽キリストが、身につけて生まれてくる数字だ」

英は周囲を見廻し、

「三桁《けた》なんてここだけですよ。他は二桁止まりだ。右とも左とも合ってません」

「ここが出来たときから６６６だ。誰がつけたのかわからない。書いた奴も正体不明だ。〝〈新宿警察〉七不思議〟のひとつさ」

「でも、妖気みたいなものは吹きつけてきませんね。あの花屋とはえらい違いだ」

床に引かれた黄色いラインを踏むと、ＩＤカードの提示を求めるアナウンスがあった。

数秒後、二人は明らかに着替え用の部屋に入っていた。

アナウンスが左右に並んだスチール・ロッカーのナンバーを告げ、内側の防寒コートを着ろと指示した。

すぐ奥のドアが開いた。

殺風景な部屋である。天井も壁も床も鉄が剝き出しだ。

入ってきたドアが閉じると同時に、前方のドアが

開いた。

冷気が二人の顔を叩いた。

「零下七〇度——ここにいるのは生者か死者か」

署長の声から、不断の柔和《にゅうわ》と軽妙が失われているのに英は気づいた。

白い世界が二人を迎えた。コートと手袋は冷気を通さないが、英は血も凍るような気がした。

足の下で氷が砕けた。

縦横に走るパイプも、広い空間《スペース》を埋める長方形のケースも霜で真っ白だ。

「神西薫《じんざいかおる》」

署長がどこかにあるマイクへ向かって言った。

遠くに並ぶケースのひとつに赤い点が点《とも》った。

二人はそれを見下ろした。

ケースの表面を覆《おお》っている霜を、署長が払った。

全裸の男が横たわっていた。

「神西薫——〝凍らせ屋〟屍刑四郎を凌《しの》ぐ〈新宿警察〉一の腕利《き》きの刑事だ。〈魔震《デビル・クエイク》〉から三年、悪党、魔物どもを芯《しん》から震え上がらせ、ある日突然消えた。〝〈新宿警察〉七不思議〟のひとつだ。しかし、不思議の謎はここで解ける」

署長の声は、祈りのように流れた。

第二章　因襲の翳《かげ》

1

店に入ると開口一番、

「おかしな客は来たか？」

　とふゆはるは訊《き》いた。蒼《あお》い薔薇《ばら》は右手から垂れている。左手はコンビニのビニール袋を提《さ》げていた。

「相変わらずですね、店長」

　ねっとりと咎《とが》めたのは、柊子である。美也も麻呂亜も、奥のテーブルを囲んでいた。

「みなお身体《からだ》とお生命《いのち》を案じて待っておりましたのに、ひとこととございませんの？　そのビニール袋ひとつじゃ許せませんことよ」

「これから案じてくれ」

　とふゆはるは言った。姉妹は顔を見合わせ、麻呂亜の眼が光った。

「おれの生命だけじゃない。〈新宿〉全体だ」

「〈魔界都市〉の生命、スか。こりゃ面白《おもしれ》え」

　少年は自分を抱きしめた。興奮を抑《おさ》えかねたのである。「ＡＷＳフラワー」の配達員は、仕事以外にも情熱の炎を燃えたぎらせるものを抱いているのだった。

　その上気した顔と、濃艶《のうえん》と妖艶とが妖《あや》しく融《と》け合った二つの顔とをまとめて見つめ、ふゆはるは右手の花を口に咥《くわ》えて、空いた手をビニール袋に入れた。

　戻した手の上で、赤い林檎《りんご》が二つ躍《おど》った。

　次の瞬間、彼はそれを三メートルと離れていない少年へと投げた。いや、そちらへ飛んだから投げた、と見えただけで、右手はほとんど動いてもいない。

　厚板も打ち抜きそうな勢いの果実の前で、銀光が閃《ひらめ》いた。

「おーっと——危ない」

　麻呂亜の左手は前方に伸びている。林檎は二つともその掌《たなごころ》に乗っていた。いや、乗っているばかりではない。右に左に上に下に、手品師の操《あやつ》る玉のように動きつづけているではないか。

柊子と美也が興味津々《しんしん》たる視線を注いでいるのに気づくと、麻呂亜はとめどなく移動するその二つに右手を近づけた。いつの間にか、バタフライ・ナイフが握られている。

その刃先が果実のどちらかに触れた。

しゅるしゅると赤いすじが果実の周囲を巡りはじめた。剝《む》かれた皮だ。それは手品のように林檎の周りを巡る。林檎は動きつづけている。皮もそれを追う。少年の手はいかなる技術を秘めているものか、皮は華麗で不可思議で、そのくせ幾何学的模様を空中に描いた。

いつも見ているに違いないが、いつ見ても奇蹟のような至芸の極《きわ》みに、二人の美女の唇は、絶頂時のごとき喘《あえ》ぎを放った。

それは、皮の絵図に対するものばかりではなかった。

麻呂亜の手の中で、林檎は鮮やかに剝かれた。赤と緑の混じった果実は、次の瞬間、一個が四個——都合八個のピースとなって、その手の中に溢《あふ》れたのである。

皮を剝いたとき切ったものでは断じてない。すると、皮を剝く前に切ってあったのか——これは物理法則に背《そむ》く。

そして、大常識に背くことが〈新宿区民〉の証《あかし》なのだとすれば、この少年もまた、まぎれもない〈区民〉なのであった。

「はい」

とテーブルに広がった林檎を姉妹は恍惚《こうこつ》と見つめ、彼らの雇《やと》い主は、突拍子《とっぴょうし》もないことを口にした。

「やっぱりな。麻呂亜、そのナイフでおれを刺せ」

へ？　という表情をこしらえたのは束《つか》の間《ま》、若いイケメン面《づら》は、みるみる不気味とさえいえる凶気に彩《いろど》られた。

「ちょっと坊や」

慌《あわ》てたのは柊子であり、

「およしなさい」

美也であった。

どちらもゆったりと怯《おび》えが顔にある。ただ、おかしなことに——

「本気でやりますよ」

「もちろんだ」

二人のやり取りはそれだけであった。

麻呂亜の右手からペンチに似たナイフが左手へと飛び、すぐに右手へ戻った。さらに右へ、左へ躍り、左から右へと移るその途中で——ふっと消えた。

悲鳴が上がった。何か口に詰まっているような響きは、頬張《ほおば》った林檎のせいであり、悲鳴そのものは、ふゆはるの心臓部を正確無比に貫いたナイフを見たせいであった。

もっとも、彼女たちはナイフが飛ぶところも刺さった瞬間も見たわけではない。いつの間にか生《は》えていた、というのが正しい。

ナイフを中心に白いシャツに真紅《しんく》の花弁が広がっていくのを見た瞬間、二人は店長に駆け寄ろうとし、眼の前に広がった左手で止められた。

「右に三ミリと少しずれた」

ふゆはるは右手でナイフを摑《つか》み、引き抜いた。同時に、血の花は忽然《こつぜん》と消えた。

「くそ」

舌打ちする少年へナイフを放って、ふゆはるは右手の薔薇も足下《あしもと》の屑籠《くずかご》へ投げ込んだ。蒼い花は紅《あか》く染まっていた。

「やはりおかしい。もう一度訊く。店の中、ないし外で、おかしな奴を見かけなかったか?」

三人は顔を見合わせ、横に振った。

「おまえたちにも気づかれず、か。あいつならやるだろう」

あいつって誰です? 誰もがそう尋ねたかったで

あろう。だが、それを口にする前に、店内を走査《スキャン》していたふゆはるの顔は、ある一点を向いて止まった。

「あら？」

淫《みだ》らとさえいえる身じろぎを示したのは柊子であった。

「私が何か？　申し上げておきますが、店長が外出なされてから、私、一歩も外へ出ておりませんことよ」

「本当です」

美也が保証した。

ふゆはるにとっては、二人の言い分などどうでもよかったのかもしれない。

彼は柊子に近づき、片手で白い顎《あご》を摑んで仰向《あおむ》かせた。

必然的に口が開く。

金を取ってもいい刺激的で官能的な場面《シーン》であった。ブラウスからはみ出した乳は、熱く息づいている。

ふゆはるの人さし指と中指が姉の唇の間に吸い込まれていくのを、美也は呆然《ぼうぜん》と見つめた。

指ばかりではない。拳《こぶし》も消えた。手首まで、そして肘《ひじ》までが吸い込まれた。

むせることも喘ぐこともできぬ美也は妖《あや》しく身悶《みもだ》えた。

手が戻りはじめた。奇怪な捜査は速《すみ》やかに終了したのである。

肘が出た。前腕が現われ、拳も戻った。

最後に二本の指が。

それは胃液に濡れたカードらしき品をつまんでいた。

激しくむせ返る柊子も知らぬげに、ふゆはるはそれに貫くような視線を注いで、すぐに、

「おまえの腕を鈍《にぶ》らせた元凶だ」

と麻呂亜の前のテーブルに放り出した。

「呪符《じゅふ》ですか？」

しげしげと見つめる少年を、

「一体、誰が、いつ？」

声がそれを口にした美也へと向いた。

「お姉さまは、本当に一歩も店を出ませんでした。私もずっとそばにいたんです」

「あそこまで完璧《かんぺき》に体内移送を使った場合、関係者は術者と被術者に限られる。おまえと麻呂亜が二人で柊子のそばを離れたことは？」

二人は首をひねり、少し間を置いて美也が、そうだ、と言った。

「麻呂亜くんが『なり沙《さ》』へ花を届けに行ったとき、私、『ローソン』へミルクを買いに出たわ。——店長が出ていってから、三、四〇分後、でも、一〇分くらいで戻ってきました」

「そのときだ。柊子——何も感じなかったか？」

「私は——別に」

「でも、早めに見つけてよかったですね、店長」

と少年が笑いかけた。


「幸い、おれが店長を刺し殺し損ねたくらいで、他に被害は——」

ふゆはるは飾った花のところへ移り、白百合《しらゆり》を一本抜いて三人に見せた。

仮面の口もとに近づけ、軽く息を吹きつける。

花は灰色の塵《ちり》と化した。

眼を剝く三人へ、

「全滅だろう。明日から一週間休業だ。おまえたちはまず、メフィスト病院へ行って分子レベルでの治療を受けろ。特に柊子——院長から明確な治療法が提示されなければ、それを聞くまで入院しろ。費用はおれが持つ」

「あら、嬉《うれ》しいこと。でも、店長とお別れするのが寂しいわ。たとえ一日だって」

柊子が豊かな胸に手を当てて悲しみを表明した。

別の効果を生むとしか思えない。

「今夜のことはすべて忘れるんだ」

と言ったとき、黙って聞いていた麻呂亜が、

「そりゃいいスけど、その呪符を送った敵は、店長の知り合いですか？」

「すべて忘れろと言ったはずだ」

「承知しました」

この店長の命令は鉄だと、三人の従業員は骨身に沁《し》みている。たとえ、本気で店長を刺殺しようとした従業員だとしても。


胸中の波頭を隠して三人が雑踏と同化するのを見届け、ふゆはるはシャッターを下ろしてから、奥のテーブルへ戻った。

濡れたカードは元の位置にある。

彼はそれをつまんで凝視《ぎょうし》した。

眼窩《がんか》の奥で黒瞳が凄惨《せいさん》な光を放った。同時に仮面の表面に変化が生じた。眉間《みけん》に染《し》みのような影が浮かび上がったのである。炎に似たそれは、ほんの一時間前、〈亀裂〉の下でもうひとつの仮面の顔に生じたものと同じ印《しるし》であった。


「神よ許したまえ――これはおまえの口癖だった。人間が神に逆らう最大の行為は、これを作り出したということだとも言っていたな。だが、おまえの信仰より遥《はる》かに古い宗教は、法典にこう明記していたぞ。歯には歯を。おれは許しを請《こ》わん」

面上の影が燃え狂うように揺らいだ。

次の瞬間、呪符は青い炎に包まれていた。


〈歌舞伎町〉にあるビジネス・ホテルの一室で、ベッドに横たわっていた男の心臓を衝撃が襲った。

心臓停止。

男の手が枕元の仮面を摑んだのは、生命の最後の抵抗であった。

付けると同時に、彼は仰向けに倒れて死んだ。

停止した血流、下がりつづける血圧と体温が「死」に奉仕を開始する。

不意に熄《や》んだ。

閉じられていた眼が大きく開き、唇が空気を吸い込んだ。

「おれの死符を破ったか、秋ふゆはる」

孤独な部屋を、孤独なつぶやきが流れた。怨嗟《えんさ》の響きなど一片もない。荒涼たる声であった。

「礼を言う。だが、この面はまだおれを許してはくれない。お許しください、主よ。メギルはまだ殺戮《さつりく》を続けなくてはなりません。〈魔界都市〉という名の街は、私の望みを叶《かな》えてはくれないのでしょうか」

神さえ耳を塞《ふさ》ぎたくなるような、悲哀に満ちた祈りであった。聞こえぬ、と神は言い放つだろうか。

2

ふゆはるの下へ、一本の電話が緊急事態を告げたのは、早朝の六時であった。

「先日お目にかかりました、神祇《しんぎ》良介《りようすけ》の娘の沙奈《さな》です。二〇分ほど前にご依頼の面打ち中に父が倒れ、緊急入院いたしました。近くの『近藤《こんどう》医院』におります」

「すぐに伺います」

「いえ、それならば店の方へおいでくださいませ」

「――しかし」

「とりあえず、生命の危険はなさそうです。父はこうした場合を前から考えておりました。秋さんの御用についても、すべて私が承《うけたまわ》っております。私ではご不満でしょうか？　これでも、神祇流次期総帥の許可は父から受けておりますが」

先日、〈亀裂〉へ向かう前に立ち寄った『神祇骨董店』の、神韻縹渺《しんいんひようびよう》たる白髪の老店主とお茶を運んできた若鮎《わかあゆ》のように溌剌《はつらつ》たるイメージの娘を、ふゆはるは脳裡《のうり》に描いたかもしれない。

ぶっちぎりでワン・タイヤ・ビークルを飛ばし、〈下落合《しもおちあい》三丁目〉の古い佇《たたず》まいの店前に到着したのは五分後であった。抜かれた何台かは運転ミスで事故ったかもしれない。

まだシャッターを下ろした店の前には作務衣《さむえ》姿の若者が待っており、ふゆはるを裏の住まいへと導いた。

店とは比較にならない広い玄関から上がった。古風で広大な家の内部は、主人《あるじ》の非常事態にもかかわらず、うす闇《やみ》と静けさに満ちていた。

屋敷といってもいい邸内の廊下を何度か折れ、若者が導いたのは、大銀行の金庫を思わせる鉄扉《てっぴ》の前であった。扉は漆黒《しっこく》に塗られていた。

この内部に封じ込めておかねばならない骨董とは何なのか。

「お連れいたしました」

若者がインターホンに声をかけると、

「秋さまのみお入りください」

と若く瑞々《みずみず》しい声が応じて、鉄の嚙《か》み合わせが外れるような音と同時に、扉は右へスライドした。

三畳間ほどの三和土《たたき》の向こうは板張りの土間で、向かいの板壁に、これも黒塗りの鉄扉が嵌《は》め込まれている。

鉄扉が閉じる音を背中に聞きながら、ふゆはるは上がり口に置かれたスリッパを引っかけて扉に近づいた。

それは彼が到着する前に開き、内部へ入ると閉まった。

二〇畳もある板張りの部屋が、冷たく静かにふゆはるを迎えた。

左右の壁際には木の戸棚が並び、前方——南側の壁面には、おびただしい顔の仮面が掛かっていた。

「ようこそいらっしゃいました」

とふり向いたのは、その仮面たちと対峙《たいじ》し、ふゆはるには背を向けた形の娘である。床の中央に座布団ごと着座した白い着物と袴《はかま》姿の前には、作業台らしい机と道具箱が置かれていた。仮面たちの上には神棚があった。

ふゆはるも戸口で正座し、

「お父さまの容態は？」

と訊いた。

眼のかがやきがことさらに目立つ可憐《かれん》な美貌《びぼう》が、見たものが溜息《ためいき》をつきたくなるような、典雅な笑みを口もとに刻んで、

「まず、お預けになられたお品より、父の身の上を案じてくださいますのか。〈新宿〉の噂とはまるで別のお方のようです。今は安静が必要ですが、一〇日もすれば起き上がれるとの診断でした。一同、息をつきました。ただし、面は二度と打てません。電話で申し上げましたとおり、私が引き継がさせていただきます」

ふゆはるを見つめる清楚可憐《せいそかれん》な顔が、別のものに変わっていた。

「おまかせしよう」

とふゆはるは答えて、娘——沙奈に新たな笑みを結ばせた。

「この身と技とを信じていただけますか。感謝いたします。生命に替え、ご期待どおりの面を打たせていただきます。そちらへ」

ふゆはるは台の前に正座し、台上の作品に眼を移した。

樫《かし》らしい材質の面は、ようやく形を整えたばかりで、鑿《のみ》の削《けず》り痕《あと》も生々《なまなま》しい木肌には眼も鼻も口もない。

しかし、沙奈の白い手に支えられた木の塊《かたまり》からは、形容しがたい鬼気が濃霧のように漂《ただよ》い流れてくるではないか。面が形を整えるにつれ、それは雨とも大河の流れともなるに違いない。

「ひとつ気になることがある」

面を手に取り、穏《おだ》やかに見つめながら、ふゆはるは切り出した。

「何でしょう?」

「これを被《かぶ》って——それから外していただきたい」

ひとつまばたきして、

「よろしゅうございます」

と沙奈はうなずいた。仮面はふたたび娘の手に戻

った。

ためらいもなく、面は若い美貌を覆った。

「ひとつ――ふたつ――」

みっつまで数えて、沙奈は面に手を掛けた。

滑《なめ》らかに外れた。

それを台の上に置き、

「いかがでしょう？」

と沙奈は訊いた。ふゆはるはうなずいた。

「これほど簡単に外せるとはお見事だ。おまかせしよう。しかし、仰《おつ》しゃったとおり、この面を打つのは生命懸《が》けになる」

「父から託されましたときに、覚悟は出来ております」

そして、笑った。

「生命ばかりではないと存じますが」

「――何だとお思いか？」

「魂、かと」

ふゆはるがうなずくまで、少し間があった。


「父上はいい後継者をお持ちだ」

「まだ、候補ですわ」

頰《ほほ》が染まっている。もとの顔が戻った、とふゆはるは感じたかもしれない。

「後はよろしく」

ふゆはるは立ち上がった。

鉄扉の前まで来たとき、背後で驚きの声が上がった。

駆け戻ったふゆはるが見たものは、鑿を片手に立ち尽くす沙奈と、空中を飛び交う二つの面であった。

打ちかけの面。

壁にかかっていた面のひとつ。角《つの》と牙《きば》――鬼面だ。

沙奈を庇《かば》うように前に立ち、

「どうした？」

とふゆはるは訊いた。

「あなたの面に、ひと打ち加えたら、急に壁の鬼面が飛びかかってきたのです」

「鬼気を感じたか」

ふゆはるの言葉に沙奈はうなずいた。

二方向から風を切る音が近づき、がっと鳴って弾《はじ》ける。

赤いものが床に飛んだ。

「血ですわ」

「そのとおり」

二つの面は空中でぶつかるだけではなかった。牙を立て、見えない爪《つめ》を立てて、相手を引き裂こうと狂乱しているのであった。

ふゆはるが前へ出た。

その頭上で、形容しがたい音響が鳴り響くや、少し離れた床の上に、ばらばらと落下してきたものがある。真っぷたつになった鬼面と――打ちかけの面であった。

鬼面は血にまみれていた。

「聞きました？」

立ち尽くすふゆはるに、沙奈がささやいた。

「ええ」

「あれは――何でしょう？」

「面の悲鳴だ。はじめてかな？」

「いえ、何度か――父に尋ねても、教えてくれませんでした」

「神祇流当主の仕事はこういうものたちの相手だ」

「結婚相手は同業者にします」

口にしてから、奇妙な雰囲気が生じたことに沙奈は気がついた。

ふゆはるの表情は変わらない、というよりわからない。だが、この感じは――

笑っている？

「矢潮《やしお》会」の事務所は〈歌舞伎町二丁目〉の貸ビルが立ち並ぶ一角にあった。

会長の矢潮透《とおる》の名誉のために言っておけば、自社ビルだ。

昼のあいだ、三階建てのビルは、三十数名の社員と重火器で、ハリネズミのように武装していた。屋上には地対空ミサイルとレーザー砲が隠されているし、浄水タンクの中身は脱出用のジェット・ヘリだ。

その男が円筒型のバッグを手に、ダーク・グレイのコートの裾《すそ》をひるがえしつつやって来たとき――午前九時。社員は六人しかいなかったが、矢潮はもう来ていた。

一階は駐車場と倉庫。事務所は二階である。

監視カメラにつながったコンピュータの判断で立ち入りを許可された男は、二階の応接室で矢潮と対面した。他に二人の社員がいた。

〈歌舞伎町〉でここ一年、旭日《きょくじつ》のごとき勢いで勢力を広げてきた暴力団のメンバーらしく、社員たちは派手なアロハやポロシャツの下にさらしを巻いていた。

「こんな時間にすまんな」

とまず詫《わ》びを入れてから、矢潮は〈新・伊勢丹《いせたん》〉の紙袋をテーブルに載せた。

「約束の五〇〇〇万だ」

男は黙ってそれを受け取り、膝《ひざ》に載せた。

「数えなくていいのか?」

「必要ない」

「――どうして?」

矢潮は面白そうに訊いた。

「勘定が合わないと、依頼人がみんないなくなる」

空気にぴん、と緊張が張りつめた。

ほぐしたのは矢潮だった。

バツが悪そうな表情で、上衣の内側から銀行の帯封が付いたままの札束をひとつ取り出し、男の手元へ放る。

無言でそれを紙袋へ仕舞う男の不気味な顔に気圧《けお》される反発か、背後のひとりが、けっと吐き捨てた。

「育ちがわかるぜ」

とねじくれた声で言った。

「おい」

矢潮がたしなめた。〈区外〉での噂を聞いて雇っただけの相手だから、チョロマカシをかけてみる気にもなったが、やはりどこかおかしい。

「気にしないでくれ。まともな教育を受けてねえんだ」

男は腹を立てた風には見えなかった。というより、ただひとつ感情を表わす眼も穏やかなままである。

彼は紙袋から今の札束を取り出した。

「おい、メギルさんよ」

何とか取り繕《つくろ》おうとする矢潮を尻目に、奇妙なことをはじめた。

床のドラム・バッグを持ち上げ、テーブルに置くと、その上に札束を載せたのである。

「何でえ、おれにくれんのかよ?」

当の社員も、引っ込みがつかない。自分の選んだ役を全《まっと》うするしかなかった。

男――メギルは無言のままだ。

「よっしゃ、遠慮なく貰《もら》っとくぜ」

社員は手を伸ばして、札束を摑んだ。

何とも言いようのない声が、その動きを止めた。

声の主も社員であった。

社員の毛むくじゃらの手は、手首までバッグに吸い込まれたのだ。札束はジッパーの上に置かれていた。それがいつの間にか開いて、男の腕を呑み込んだのを見たものはいない。

「離してくれ。誰か――助けて。腕が――」

社員の顔に狂気と絶望が交錯した。

「く、食われてる!」

気死したみたいに突っ立っていたもう一名の社員が駆け寄ろうとしたが、矢潮が止めた。累がこちらへ及んだら、と考えたのである。

社員が悲鳴を上げた。

肘まで来ている。

次の瞬間、身体が前へのめった。肩まで吸い込まれたのだ。いや――

矢潮透にとって、後まで記憶に残ったこのときの光景は、何の変哲もないドラム・バッグの口からそそり立つ二本の足であった。

それは激しく空を切り、突然、丸ごと吸い込まれてしまった。

音を立てて、矢潮の眼の前のテーブル上に転がったものがある。

社員が悲鳴を呑み込んだ。

靴を履《は》いた足首であった。

バッグのジッパーは閉じ、内部《なか》からは何の動きも音も響いてはこなかった。

3

別の音がした。

血まみれの足の横に落ちた札束を眺めてから、矢潮はそれを放った男を見つめた。

「葬式代だ」

声だけ残して、メギルは立ち上がった。

「待ってくれ」

と声をかけ、矢潮はこう切り出した。

「どうしたもんかと決めかねてたんだが、今のを見て決心がついた。今日にでも話し合いに出向くつもりだったものの、面倒だ。丸ごと始末しちまおう。メギルさん、力を貸してくれや。報酬は今回の――百倍だ」

「相手は？」

「同じさ、『真田直売』全体だ。全員じゃねえぞ。家もマンションも不動産も丸ごとだ。そのバッグの中にいる奴ならできるだろう。半額は先に払う」

「気前がいいな」

「あんたを特別な人間と見込んでの処置だ。どうだね？」

「引き受けよう」

矢潮は大きくうなずいた。

「助かるぜ。必要なものは？」

「おれのPCアドレスは知ってるな？　そこへ真田の全データを入れてもらおう」

「いいとも。今日中にやるぜ」

矢潮は大胆に相好《そうごう》を崩した。

「――ところで、あんた、それまではどうしてる？」

「………」

「いや、もし予定がなきゃ、これを使ってくれや」

優男《やさおとこ》といってもいい顔が、生き残りにうなずいてみせた。

「金と一緒に渡すつもりだったが、おかしなことになっちまって出しそびれた。これ一枚で〈歌舞伎町〉のどんな店でも遊べる。ただし、五〇万分だ」

社員が置いた銀色のカードを、メギルはしばらく見下ろし、それから手に取った。

上衣のポケットに仕舞い込み、きびすを返して、ドアを閉めるまで、ひとことも口にしなかった。

「おかしな野郎だ」

と、ようやく咎めるような口ぶりになった矢潮の背後で、重い音がした。緊張の解けた社員がへたり込んだ。

「情けねえ。しっかりしろ！　仲間が眼の前で食われたくらいで金玉を縮み上がらせてちゃ、この街じゃ五分も生きていけねえぞ」

へえ、と力ない返事が返ってきただけの社員のほうは見ようともせず、矢潮は眉《まゆ》を寄せた。

「しかし、おかしな野郎だ。人ひとりバッグに食わせても平気の平左《へいざ》な癖に、風俗のカード一枚受け取るのに、一〇秒もかかったぞ」

このとき、床から立ち上がった社員が、入社以来はじめて、社長を感心させる台詞《せりふ》を口にした。

「きっと、野郎、敬虔《けいけん》なクリスチャンなんですよ」


店までの時間は三〇分かかった。

シャッターのロックを解いて内部へ入ったとき、営業は続けるつもりでいた。

だが、ふゆはるはすぐにシャッターを下ろし、紅い薔薇を一本手に取ると、奥のドアを抜けて、真っすぐ寝室へ向かった。

ワン・ルームだが五〇畳もある部屋は、寝室と書斎を兼ねている。

ふゆはるはベッドを見つめた。

シングルでもダブルでもない。キングサイズだ。大人三人が容易に寝《やす》める。

上掛けは平べったいままだ。

「出てこい」

とふゆはるは声をかけた。

「出してごらんなさい」

挑発であった。

ふゆはるの右手から真紅の光が上掛けに吸い込まれた。紅薔薇はガラス細工のように布地の上で霧と化した。すでに滅びた花であった。


だが、上掛けの中央には真紅の染《し》みが残った。それはみるみる広がり、布の下に人の形を浮かび上がらせた。

仰向けになった、生唾《なまつば》を呑むほど豊かな女の肢体を。

「ばれたか——さすが、〈新宿〉で秋の名字を持つ一族のひとりね。黙って横になれば、こっちのものだったのに」

「名前を聞かせてもらおうか」

女の声にも、ふゆはるの声にも、緊張や傲《おご》りはない。

ただ、出会った——それだけだ。この状況も、二人にとっては少しも異常ではないのかもしれなかった。

「真田マキ。マキは片仮名」

「『真田直売』の女房か」

「あら嬉しいこと。あの亭主がそんなに有名人とは思わなかったわ」

「一部のマニアの間ではな」

上掛けは、耐えかねたように笑い弾けた。無邪気な笑い声である。

長いこと笑ってから、

「ああ、苦しい。ねえ、秋一族って、こんなにユーモアがあるの？」

「用件を聞こう」

「ふたつあるわ。まず片方。誕生日祝いに蒼い薔薇の花を一〇〇本――三日後の正午に届けてちょうだい。私の家まで」

悪い冗談だと誰もが思うだろう。

「承知した」

とふゆはるは答えた。

「ふたつ目は、メギルの件。彼がやって来たのはわかってるわね」

「ああ」

「彼は仕事をしに来たんだけれど、それを命じたのが、うちのじゃなくて運命だと知ってるわ。ねえ、私はどっちにつけばいい？」

問いは要求であった。それは、上掛けの端から出た白い生腕でわかった。

「――来て」

手は、おいでおいでをした。

艶《あで》やかな食虫花の誘いにかかった虫のように、ふゆはるはベッドの枕元に近づいた。

その手首を、ぎゅっと摑まれたのである。

「おいでなさい。亭主には内緒よ」

声は濃艶で、凄《すさ》まじい力であった。

ピューマも水中へ引きずり込む大蛇《パイソン》の怪力に、ふゆはるはよろめいた。膂力《りよりよく》だけではない。それを支える肉体は、ふゆはるよりも重いのだ。

だが、手指の先が上掛けに吸い込まれる寸前で彼は踏みとどまった。

その仮面の右眼の下に、またも炎の形が浮かび上がった。

吐息を漏らしつつ、彼は後じさった。

今度は腕がついてくる番だった。

手首から――肘――そして肩が――いや、まだだ。肘までも出ていない。一メートルを超えて、腕はなお生白い前腕ばかりだ。

「ムダよ、ふゆはる。私の身体を見ることができるのは、父との約束を守った亭主だけ」

不意にふゆはるの上体が揺れた。マキが指を離したのだ。

ふゆはるが体勢を立て直したとき、それは上掛けの内側へ消えている。

「あなたを救ったのは仮面よ。あなたのも、メギルの面も、いずれ私がいただくわ」

ふゆはるは一歩を踏み出し、上掛けをめくった。

空っぽであった。

ふゆはるに驚いた様子はない。やって来たのと同じやり方で去っていっただけだ。

「戸締まりは厳重に、か。真田マキ」

上掛けを捨てて、彼は窓辺へ歩いた。


洋館式の出窓である。

「アララト山の契約か。確かにサインはした」

窓の奥にまたたく〈新宿〉の光は、今の彼にとって異国のそれであった。

「おれが敗《ま》けたらどうなるか。それまで世界は眠るがいい、死んだように」

シャッターの開く音がしたのはそのときだ。

店へ戻ったふゆはるの前に、柊子が立っていた。

「何をしに来た？」

「あら、ご挨拶《あいさつ》ですこと」

官能だけで出来ているような従業員は、咎めるように雇い主を見つめた。

「店長の身を案じて、休めと言われました身で参上仕《つかまつ》りましたのよ。お優しい言葉のひとつもかけてくだすっても、罰《ばち》は当たりませんことよ」

「メフィスト病院へは行ったのか？」

「とんでもない。まずは店長の身の安全を確かめなくては――ね？」

「馘《くび》だ」

いきなり吐き捨てた。柊子はびくともしなかった。

「あら、どうしてですの?」

「雇い主の指示が聞けない従業員など不要だ。給料は明日取りに来い」

言い放ったその前に、すう、と匂いたつような肢体が立った。

世界レベルのダンサーですら不可能と思える夢のような足さばき《ステップ》であった。

柊子は眼を閉じた。長い付け睫毛《まつげ》、濡《ぬ》れ光る口紅《ルージュ》、潤《うる》んだ瞳と甘くせわしない息遣い。品がない、と断じられても当然だが、この女に限っては、すべて官能に収束する。それも品の有無などとも無縁のレベルでだ。

心臓の鼓動ひとつ、瞬《まばた》きひとつが男を刺激するための手段としか思えない――生まれついての。

「女の匂いがする」

と言った。

「でも、抱いた気配はないわ。店長、今、ある女とすれ違いました。あの人ですね?」

「ほお、どんな女だった?」

「真っ赤なドレスの――はしたない感じの人でした。店長には似合いません」

問いかけるような口調に合わせて、敵意といってもいい光が、黒瞳に燃えた。ふゆはるでなければ青ざめるに違いない。

「向こうは気づいたか?」

「わかりません」

「二度と店へ来るな。来たら叩《たた》き出す」

柊子は沈黙した。断固たる意志を感じたのである。それは、生まれてこのかた、男というものを手玉に取ってきたこの官能美女の血さえ凍らせるものであった。

艶然と、しかし、この女にとっては無惨ともいえる笑みをつくって、

「承知いたしました。でも、退職金を頂きます」

返事を待たず、熱い肉がふゆはるの胸にすがりついた。

「もう抱いてくれとは申し上げません。せめて、店長の――」

すぐに顔を離して、

「ああ、やっぱり駄目だわ。何度こうしても、店長の胸は熱くときめいてくださらない。私の胸はいつも燃えて、それを知った殿方の心臓は、臨終《りんじゅう》の床にあっても、熱い血潮を通わせてくださいましたのに。店長の胸はいつも冷たく凍《い》てついていらっしゃる。教えてくださいませ。どうすれば、私がこの氷を溶かせられるのか」

哀しそうな口調だが、その顔こそ欲情に溶けている。

いきなりその顔がのけぞった。

摑んだ髪を離さず、痛みに喘ぐ女の唇に、仮面の唇が吸いついた。

ああ、と呻《うめ》いて、柊子は自分から舌を入れた。

長いキス――という前に、柊子はさらにのけぞり、骨を失ったもののように床の上に崩れ落ちた。

その顔は恐怖に歪《ゆが》んでいた。

「メフィスト病院では、まず精神科へ行くがいい」

恐るべき冷徹の仮面――秋ふゆはるは、彼の身を案じてやって来た従業員に一顧《いっこ》だに与えず、開いた戸口から〈歌舞伎町〉の家並みを眺めた。

「仮面は三つ――誰が携《たずさ》えて世界を変える?」

第三章　伝説の刑事《でか》

1

二人の刑事の受け取り方は、対照的であった。

英刑事は、〈亀裂〉の遺跡を巡って頻発《ひんぱつ》するやくざ同士の小競《こぜ》り合《あ》い程度に考えていた。

だから、数歩先を黙々と歩く神西刑事の重々しさが、胃にもたれ気味であった。

〈凍《スパイン・チラー》らせ屋〉屍刑四郎を凌《しの》ぐ〈新宿警察〉最強の刑事――というだけでも気が重いのに、相棒で、しかも、意思の疎通がほとんどない。先輩面《づら》したいのかと思ったが、それならまだしも、自分の存在が眼中にないとしか思えない。それに反発できない自分も情けなく、英の気鬱《きうつ》の最大の原因は、これかもしれなかった。

「『AWSフラワー』へ行くぞ」

と告げられたのがせめてもだ。それ以降、ひとことしか口を利《き》いていない。覆面パトカーを止めた〈歌舞伎町〉内のコイン・パーキングから目的地まで徒歩二分というのに、

「少し歩くぞ」

と、中心部の方へ歩きだした。

冷凍マグロの社会見学かよ、と悪態をついても口に出せない。英刑事の胃はますます重くなってくるのだった。

三〇分も歩いたが、さして感慨深そうでもなく、感想のひとつも口にするでもない。いつの間にか〈バッティング・センター〉の裏に来た。

小さなレストランや駐車場を左右に見ながら、ひときわ目立つ〈ホテル・ラピオ〉の前を通り過ぎたとき、玄関からひどく背の高い男が現われた。右手に黒いドラム・バッグを提《さ》げている。

すれ違って一〇歩ほど歩き、神西は足を止めずに三度目の言葉を放った。

「今の男――尾《つ》けろ」

「え？」

「行き先を突き止めるんだ。最低、見失う前に追跡子《トレーサー》を射《う》ち込め」

言いたいことが喉元《のどもと》までせり上がってきたが、この不気味な先輩の指示は、反発を許さなかった。

ふり向くと、相手は〈靖国《やすくに》通り〉方面へと折れたところだった。

英が同じ方向へ曲がるのを見届けもせず、神西は少し歩いて身を翻《ひるがえ》した。

ふゆはるは店の奥で瞑想《めいそう》にふけっているように見えた。

眼の部分が細いので、開いていても閉じているとしか思えない。

立ち上がると、大抵の客はぎょっと後じさる。

早朝から開いていても、花屋には結構客がある。葬儀のない日はあり得ないのが〈新宿〉なのである。

一〇時を少し過ぎた頃、来店した男は、しかし、ふゆはるが立ち上がっても驚かず、客でもなかった。

「〈新宿警察〉の神西です」

示されたＩＤカードを見て、

「ご活躍は聞いています」

とふゆはるは応じた。×年前まで、〈新宿警察〉に屍刑四郎と神西薫ありと謳《うた》われていた名刑事だ。別世界の住人としか思えないふゆはるの耳にも、その名は届いていたらしい。

「先日の〈亀裂〉の件で伺《うかが》いました」

と続ける神西に、奥のソファを勧め、

「その件は済んだはずですが」

「署ではそう思っています。これはあくまでも私個人の興味によるものでして。少しお付き合いいただけませんか」

問いではない。

「いいでしょう」

「ありがとうございます」

深々と頭を垂れる刑事へ、

「もうおひとりはどうしました？」

刑事は二人単位で活動する。

「いや、少々気になる人物を見かけたものでして」

神西はこれで終わるつもりだったが、ふゆはるはそうしなかった。

「それは？」

こちらも問いではなかった。

神西はとぼけるタイミングを逸した。

「小説風にいうと、〝只《ただ》ならぬ気配〟――この街ですと、妖気ふんぷんたる人物でした」

あなたとそっくりです、という言葉を神西は呑《の》み込んだ。

「手に何か？」

ふゆはるの両手が小テーブルの上で動いた。

ふと、神西はうなずいた。

「黒いドラム・バッグを」

言ってから、この男は、と血が凍った。ふゆはるは手である形を描いた。それをバッグと認識してしまったのは、どんな魔術をかけられたものか。

改めてタイミングを取り直して、

「ご存じの方ですか？」

「知り合いによく似ています。身長は中肉中背？」

「いえ、一九〇は超えていたと思います」

「では、人違いです」

ふゆはるの返事に、神西は胸の中で、狸《たぬき》め、と応じた。間違いない、あいつは、眼の前にいる花屋の店主の知り合いなのだ。ひょっとしたら――

この男は〈亀裂〉へ、あいつを迎えに行ったのではないか？

「私が昨夜、〈亀裂〉へ出かけたのは散歩です。ご存じのとおり、〈亀裂〉から吹き出る風は、ある人たちにとって、心地よいばかりか、癒《いや》しになる」

それは本当だ。

いまだ〈亀裂〉の底を見極めた人間はいないが、未知の場所から気まぐれに吹き上げる風は、あおられた者たちを病院送りにする妖風であると同時に、数十種の難病を治癒し得る治療の風でもあるのだった。

遺憾《いかん》ながら、風の吹く時刻と時間とは全くの不定期であり、快癒目的の人々が望みの風を浴びることは万にひとつの可能性もない。この風の存在は、〈区外〉の研究団体の丸一年二四時間休みなしの調査の結果判明したものであり、今なお集《つど》う病人《やみびと》たちは、ここ何年もひとりの例外もなく、虚《むな》しく立ち去るか、〈亀裂〉の縁《ふち》でこと切れるのだった。

「それを浴びに行かれたのですか？　あんな時間に？」

「〈亀裂〉の風はいつ吹き上げるか誰にもわかりません」

「仰《おっ》しゃるとおりです」

神西はうなずいた。それから仮面の眼をじっと見つめて言った。

「ですが、気まぐれな風よりは、もっと別のものが出てきた可能性もある。地下遺跡でやくざ者どもを殲滅《せんめつ》させてしまった犯人、とか」

「その犯人と私に何か関係があると？」

「とんでもない、と言えば嘘になりますな。秋ふゆはるという人物が、大量殺人事件の現場に偶然居合わせた——この確率は、〈亀裂〉の風に快癒を求めて訪れる人々に、救いの風が吹く確率よりずっと低いと私には思えます。いかがでしょう、正直なところを話していただけませんか？」

ふゆはるは肘《ひじ》掛け椅子《いす》の背に身をもたせかけ、軽く頭を振った。

「確かに……僕は……散歩に」

やや正気を保っている酔っ払いのようなしゃべり方であった。

「いや……〈亀裂〉の中に……」

神西はうなずいた。促《うなが》すようなうなずき方だった。

「ええ、〈亀裂〉の中に？」

そのとき、彼はふゆはるの面上――仮面の額《ひたい》の上に、小さな図形が浮かび上がるのを見た。

黒点と、それを包む楕円《だえん》の輪――輪の上部からは短い線が五本ほど延びている。

「――眼か。瞳と……睫毛《まつげ》……」

その原始的な、絵ともいえない図形は、神西の眼から脳に、ぴしりと灼《や》きついた。

思わず眼を閉じ、暗黒の中で、

「なるほど、私が名を聞いたときから〝伝説〟と呼ばれていたわけだ。凄《すさ》まじい技を使いますね」

そっちこそ、と神西は言いたかった。その仮面は、下の顔を隠すためのものではないのか。

「いかがです?」

気がつくと、薔薇《ばら》の香りが鼻を衝《つ》いた。

白いティーカップから湯気が立ちのぼっている。

「『AWSフラワー』のオリジナル・ローズ・ティーです。一年は若返りますよ」

「これはどうも」

芳香に魅《ひ》かれて、神西はカップを口に運んだ。

「これは――私も色々とローズ・ティーを飲んできましたが、こんな香りの花がありますか?」

「特別の薔薇です。この店以外、世界のどこにもありません」

「新種ですか?」

「他の薔薇がすべて」

その意味を理解するのに、少しかかった。

「すると、これが」

浮遊する蒼《あお》い花びらを見つめた。

「世界最初の薔薇《そうび》です。代々秋家に伝わったものを、私が譲《ゆず》り受けました」

「すると――何百年も前から?」

薔薇の起源はいつだったかと記憶を辿《たど》りながら、神西は訊いた。

「ざっと五〇〇〇年――と言いたいところですが、もっと古いと思います。その当時、薔薇はすべて蒼でした」

「ほお。失礼ながら、それですと紀元前三〇〇〇年以前――古代エジプト王朝の頃ですかな」

「エジプト原始王朝は、歴史として遺《のこ》っています」

「先史時代から？」

神西は眼を剝《む》いた。それが本当なら、秋家というのは遡《さかのぼ》ることもできぬ歴史の果てから続いているのだろうか？　まさか？　いや、あり得ないことではない。この街ならば。そして、この街でその名を聞けば、誰もが粛然《しゅくぜん》とする一族ならば。仮面の花屋の祖先は、イエス・キリストの生誕を目撃したのだろうか。

「〈亀裂〉の遺跡よりも古い？」

神西は話の立ち位置を元に戻そうと努めた。

「あそこの遺跡は伝説にもなりません。ただ、私の祖先は同じものを見たと記憶にありますが、彼は一万歳を超していたと言われています」

「聖書にあった。確か――メトセラ」

「九六九歳まで生きた、聖書中最長命を誇る人物です」

「これは別の本で読んだが、その一族の長老は、石像の中に入って、それを動かしたという。そうだ、あの遺跡でも、本来あり得ない場所に石像が崩壊していたという。誰がそんな真似をした？」

「大した犯人ですな。逮捕できるよう祈っています」

別れの挨拶《あいさつ》だと、神西は理解した。彼と仮面人《びと》の世界はいちど溶け合い、いま分離しつつあった。

「色々と参考になりました。また伺います」

彼は立ち上がった。

店を出て数メートル歩いたとき、英がやって来て、ドラム・バッグの男を見失ったこと、追跡子を付ける暇もなかったことを告げた。

張り倒してやろうかと思ったが、〈ホテル・ラピオ〉の宿泊記録を調べ、名はマハト・ジロシャム、三〇歳、国籍はアメリカ、昨日から一週間、料金先払いで宿泊と調べ上げてきたので中止した。

念のためホテルへ電話すると、ついさっき、宿泊予定をキャンセルする旨《むね》の電話がきたと告げられた。

2

妻はベッドの中にいた。

憤然と寝室へ乗り込んできた夫へ、

「あら、どうしたの?」

穏《おだ》やかな声だが、どこか笑いを含んでいるようでもある。

「莫迦《ばか》野郎」

いきなり上掛けを蹴り飛ばした。鈍《にぶ》い音がした。しかし、上掛けの内部で何かが動いたきりで、呻《うめ》き声ひとつ上がらない。

夫は続けざまに踏みつけたが、確かに手応えはあるのに沈黙は相変わらずであった。

「てめえ――マキ」

妻の名を叫んで、上衣の内側からばかでかい自動拳銃《オートマチック》を抜いたのは、「真田直売」社長・真田正之だ。

「無茶しないでよ、あなた」

声はさらにはっきりと笑いに――嘲笑に彩《いろど》られた。

「どうしたって言うの?」

「とぼけるな、この淫売。さっきすれ違ったら男の臭いがした。こんな朝っぱらからどこのどいつと寝てきやがったんだ⁉」

「ああそれ――あの花屋さんよ」

「秋ふゆはるか⁉」

巨大な――直径三センチもありそうな銃口が大きく動揺した。〈新宿〉の暴力関係者にとって、「秋」の名は厄病神どころか死神と等価であった。冷酷非道の極道ですら発狂者が続出するような殺され方をした連中が、星の数ほどいるのだ。

ひとたび「秋」という名の男たちが敵に廻《まわ》ったとき、自分たちが何か別のものと戦う羽目《はめ》になったことを、暴力のプロたちは放心状態で理解せざるを得ない。

「お、おめえ、あんな化物と……」

「あら、あたしも同類よ」

布団《ふとん》の下の妻は弄《いら》うように言った。

「それを知った上で一緒になったんでしょ。ねえ、どうだったか知りたくない？」

「………」

「凄かったわよ。さすが『秋』の名ね。あたし、殺されるかと思ったわ」

真田の岩みたいな顔が、悪鬼のそれに変わった。怒りが怯《おび》えを消しはしなかったが、別の方向へ向けることはできた。

「売女《ばいた》！」

ひどく古典的な悪罵《あくば》とともに、彼は引金《ひきがね》を引いた。

全長三〇センチにも達する特殊合金製自動拳銃は、重さ五〇グラムのタングステン・ホローポイント弾を発射しながら、火炎放射器のごとき火線で上掛けを燃え上がらせた。

「あら妬《や》いてるの。可愛《かわい》いこと、私のご主人さま」

「莫迦野郎」

自動拳銃は跳《は》ね上がり、燃えさかる布団の下を、妻の肢体は妖《あや》しく駆け巡った。

一五発を射《う》ち終えたとき、インターホンから下の社員の声が、銃撃で二人即死したと告げた。

「ほら、犠牲者が出たわ。さ、もう動かないから、弾倉《マガジン》を入れ替えて」

「まだ面白がってやがるな、てめえは」

興奮のあまり、真田は獣のような荒い息を吐いていた。

「いったい、結婚以来何人とやりまくったんだ？　そのたびに殺してやった。なのに、まだ他の男に抱かれるつもりか？」

「これは、私たちのためよ」

「寝言はよしやがれ」

新しい弾倉を装塡《そうてん》し、真田は遊底《スライド》を引いて戻した。初弾が薬室へ送り込まれる。どんなに大型になろうと、火薬使用銃の基本システムは変わらない。

「てめえはただ男とやりたいだけだ。男の肉棒に、あそこを突き刺され、えぐりまくられるのが好きなんだ。今日こそぶち殺してやる。ツケを払わせてから、てめえの親のところへ押しかけて、あの世へ送ってやる」

「落ち着いてよ、ダーリン」

ついに呆《あき》れたような声が上がった。

「私ひとり殺せないのに、親まで殺《や》れるわけないでしょ。ね、落ち着いてよ」

真田は新たな一発目を射ち込もうと思っていた。下の社員どもがどうなろうと知ったことではなかった。今度こそ、このおかしな女房を地獄の底へ追い落とすつもりだった。


わずか五〇グラム――フェザー・タッチの引金《トリガー》に掛けた指が、ぴったりと封じられた。

炎を噴き上げる上掛けから突き出た白い腕が、その足首をひっ摑《つか》んだのである。

「お……おめ……え」

引きつるような声を上げたのが精一杯で、真田はあらゆる思考を失った。感じたのは、煮えくり返るような欲情の熱泥であった。

ズボンの中で、男根がみるみる屹立《きつりつ》していく。

「いらっしゃい。仲直りしましょ。それには、これがいちばんよ」

うお、と叫んで真田の巨体は上掛けに引きずり込まれた。

とうに泣き叫んでいた火災報知器を聞いて駆けつけた社員たちは、どうしても開かぬドアに遮《さえぎ》られた。

「社長、開けてください」

「焼け死にますぜ」

ひとりが拳銃を取り出したとき、

「うるせえ」

「静かにして」

ひどく気だるげな、社長夫婦の声が聞こえたのである。

まるであの最中だとでもいう風な。

真田はともかく、妻のマキの声が耳朶《じだ》を打った途端、社員たちの全身が震えた。何人かは股間を押さえたほどである。すでに射精していた。彼らは凄まじい情欲に突き動かされたのである。

「行け」

真田の叱咤《しった》に、社員たちは去った。

そして、黒煙と炎を噴き出すドアの向こうからは、肉と肉とが絡《から》み合う音と、どのような地獄の法悦に溺《おぼ》れているものかと疑いたくなる官能の喘《あえ》ぎが淫《みだ》らに漏《も》れてくるのだった。

どんなになだめても、低い声は熄《や》まなかった。


メギルは通りから近くの駐車場へ入った。

彼以外の誰にも理解できぬ古代の言葉が、

「何ヲシテイル？　凄マジイ飢エガ私ヲ苦シメルノダ。早ク食事ノ用意ヲ整エロ。私ガ飢エテ死ネバ、オ前ハソノ瞬間、ロクデナシノデクノ棒ニ変ワル。ソレガ嫌ナラバ、早ク食事ヲサセロ」

「少し待て」

とメギルはさらに低い声で命じた。

「イイヤ、モウ一秒モ待テン。オ前ガ食ワセナケレバ、私ヒトリデ食料ヲ探ス」

「わかった。とにかく少し待て」

メギルは決意を声に込めて言った。所詮《しょせん》は逃れられない運命だったのだ。この大宇宙のすべてを支配する永劫《えいごう》とも言うべき何かさえ従わねばならぬものが、そうしろと命じているのだ。

メギルは赤いシャツの胸もとに揺れる小さな十字架をつまんで、唇を押しつけた。

「――許したまえ、全能の主よ。私はこれから、罪もない生命《いのち》を奪わねばなりません」

こう唱《とな》えて十字架を戻したとき、駐車場へ二人の制服警官が入ってきた。

メギルのかすかな驚きは、すぐに不気味な安堵《あんど》に変わった。

「君――そこで何をしている?」

目ざとく彼を見つけた若い警官が、手にした衝撃棒をこちらへ向けた。

「出てきたまえ」

メギルは二人の前に立った。幸い人通りは少ない。

「何をしていた?」

「車上荒らし――と、朝飯の準備」

「なにィ?」

警官たちは顔を見合わせた。それから、彼が提げたバッグに視線を移した。

「それを見せたまえ」

もうひとり――年配の警官が強い口調で命じた。


仮面の眼の奥で、本物の眼が閉じられ、仮面の口の向こうで、本物の口が何かつぶやいた。

主よ――かろうじて聞き取れたのは、このひとことである。

メギルはバッグを二人の足下に放った。

若い警官がしゃがみ込んで、ジッパーを開いた。

メギルは頭上を見上げた。

地上一五メートルほどの位置だ。無音ヘリが空中停止《ホバリング》していた。グレーの胴に赤く〈新宿警察〉とあった。

絶望に近い気分がメギルを捉《とら》えた。

年配の警官が、若い警官の名を呼んだ。

「貴様――やめさせろ!」

年配の警官が、バッグから出た手を摑《つか》んで、引こうとした。

いきなり年配の警官は宙を飛び、バッグに腰まで吸い込まれた。

宙を掻《か》く両足に別の者が気づいた。

「そのまま動くな。〈新宿警察〉の戦闘ヘリだ。機関砲で狙っているぞ。そのバッグから、呑まれた人たちを出せ」

「頼む、去《い》ってくれ」

とメギルは、十字架を握りしめた。

「こいつは常に飢えている。おれが許せば、この街、いや、この国にひとりの人間もいなくなるまで、休みなく食いまくるだろう。今、食事中だ。これ以上、こいつを刺激するな」

「早く出せ」

ヘリからの声に焦《あせ》りと怒りが加わった。バッグから出ている部分は、もう靴しかない。

メギルはバッグを掴んだ。

一気に走った。

「止まれ——射殺するぞ！」

声と同時に、ヘリの底部に装着された二〇ミリ機関砲がメギルを追尾しはじめる。

アスファルトの破片と粉塵《ふんじん》がその姿を包んだ。

出てこない。

二〇ミリ砲弾を浴びた人体は四散するが、それでもなさそうだった。

近くの店はまだシャッターを下ろしたままだが、離れた店舗では、戸口や窓から住人の顔が覗《のぞ》く。

帯状に粉砕されたアスファルトの端に、直径一メートルほどの穴が口を開けていた。

穴の縁に赤いものが飛んでいる。

身体のどこかに灼熱の巨弾を受けながら、逃亡者は厚さ数メートルもの道路に穴を開け、姿を没したにちがいない。

一秒の猶予《ゆうよ》もない局面での神技だが、この街ではさしたる注目を浴びるほどの芸とも言えなかった。

診療室で、白い医師は久しぶりに患者以外の訪問者を迎えた。

「×年ぶりですな、神西さん」

サングラスの向こうできらめく白い笑顔に、猛烈なめまいを感じつつ、刑事はこう切り出した。

「ドクター、一度伺ったときに拝見しました、院長室の奥にある書籍を閲覧させていただきたい」

「久しぶりの挨拶がそれですかな」

メフィストの笑みはさらに深くなり、神西は暗黒に呑み込まれかけた。

「しかし、あなたらしい申し込みだ。よろしい、好きなだけ利用なさい。今、ご案内しましょう」

それから、どうやってこの神秘的な一室へ入ったものか、神西には記憶がない。

案内してくれたのは白い院長だったような、そうではないような気もした。

どんな本が希望かと訊かれ、メトセラの一族と答えたような気がする。

それから、白い手が額にあてがわれ、脳が冷たく痺《しび》れた——これははっきりと覚えている。

気がつくと、青銅の表紙で補強された大判の書物を貪《むさぼ》り読んでいた。

どこのものとも知れぬ不可思議な文字は、不思議なことにすべて解読できた。

メトセラよ、メトセラよ
おまえはおれをどこへ導く
〈魔界医師〉の蒼い図書室でどれほどの時間が経《た》ったかはわからない。蒼い光に満ちた一角から、

「メトセラの孫は——アララト山の契約——サインしたのは誰だ？——わかったぞ、秋ふゆはる」

それは、冥府《めいふ》のドアを開けてしまった人間の叫びのようであった。

3

「まだメギルさんと連絡は取れねえのか？」

専務——滝沢《たきざわ》の怒号に、事務所にたむろしている社員の中から、課長——危《やば》い組織でいうと若頭《わかがしら》が立ち上がって、奥の専務室へ入ってきた。

「本田《ほんだ》か。社長から連絡があってひどくご立腹だ。

メギルさんからはまだ何も言ってこねえのか？」

「へえ、何も」

若頭――本田の眼には、こんな疑惑が澱《おり》のように舞っていた。

――事務所へ、連絡があるわきゃねえだろ。あんな薄気味の悪いマスク野郎、社長が直々《じきじき》に連絡を取ってりゃいいんだ。どこのどいつか知らねえが、五〇億も稼ぐ気でいやがって
「ま、そうだ。五〇億も稼ぐ大物が、事務所へなんかかけてこねえよな」

滝沢がこう言ったので、本田は胸を撫《な》で下ろした。短気この上ない男で、不用意な発言がもとで射殺された社員を本田も目撃している。

「それが社長らしくもなくイラついてるとこを見ると、さすがに気になるらしい。何つったって、『真田直売』を丸ごと消しちまおうってんだからな」

「それはそうですが、専務――いくら世界を股にかける腕利きだからって、ひとりであそこを始末するってのは、難しいんじゃないんですか？」

「決まってる。真田はもちろん、あの女房がいるんだ。おかげで、こちとら一〇〇人からの社員を失ってる。向こうを丸々消す前に、こっちがやられる恐れだって充分ある。いっそのこと、仕事にかかる前にトラブって消えてくれりゃ助かるんだがな。五〇億も払わなくて済むし」

「ごもっともです」

若頭が去ると、滝沢は椅子の背にもたれて、目下《もっか》、手に入れようとしているクラブの攻略法を考えはじめた。

あそこの亭主は留守がちだ。女房はそのあいだひとりで自宅にいる。そこを襲って――

かすかな音が、思考を中断させた。

彼はふり向いた。

奥――寝室のドアが細く開いている。今のは鍵《かぎ》の外れる音だったのだ。

はじめての経験であることが、滝沢を立ち上がら

せた。

ドアのところへ行って、狭い室内を覗《のぞ》き込んだ。

「ん？」

どこかが記憶と異なる。さっき見たときは？

ベッドの上に上掛けが掛けてある。

下《した》っ端《ぱ》の社員が毎日掃除をして、ベッドの上には何も載っていなかった。誰が上掛けを？

思わず二歩進んだとき、眼の中で、それが膨《ふく》らんだ。上掛けの下で息を潜《ひそ》めていたものが、正体を現わす気になったかのように。

滝沢は腰のワルサーを抜いた。昔ながらのＰＰＫである。九〇年代以前のモデルがすべて廃棄処分にされた中で唯一生き残った口径七・六五ミリの小型拳銃は、今なお〝小さな虎〟の名を辱《はずかし》めないパワーを誇っている。

銃口を向けながら、滝沢は後じさりした。彼も〈区民〉である。得体の知れないものにうっかり挑むのは、生命が幾《いく》つあっても足りない行為だと、骨身に沁《し》みていた。

ドアの表面に手が触れた。手探りでノブを探し当てて廻す。動かない。ドアごと壁に埋め込まれている感触だ。

向き直って全力をふりしぼったが、同じことだった。

布団の中にいる奴のせいか？

もう一度ふり向いて、滝沢は血が凍った。

上掛けが足下に広がっていた。それは白い不気味な生きもののように見えた。

「どっから来やがった、化物め」

広がりの真ん中へ狙いを定めて、滝沢は引金を引いた。

七・六五ミリ弾の発射音は鋭いが小さい。ドアを閉めていれば、隣室にも届くまい。

続けざまに四発――弾丸は直径六センチの円内に集弾した。

「また、ね」

女の声がした。膨らみは着弾地点のすぐ左に移動していた。

「——誰だ、てめえは？　この化物」

「ご挨拶ね、滝沢さん。知らない仲じゃないでしょうに」

自分の眉《まゆ》が思いきり寄ったのを、滝沢は意識した。

「——てめえなんぞ知らん。どこのどいつだ？」

「すぐにわかるわよ、滝沢さん、すぐにね」

足首のあたりから、冷たいものが這《は》い上がってくる。

「——何しに来た？」

ようやく口にできた。

「教えてほしいことがあるの。ひとつだけでいいのよ」

「……何だ、そりゃ？」

「矢潮さんの居場所」

「社長の？　てめえで捜《さが》せ」

「残念ながら、どんな手を打っても、それだけはわからないの。最後の手段で〈新宿〉一の人捜し屋に頼もうとしたら、従業員慰安のため一週間休業ときたわ」

滝沢は嘲笑《ちょうしょう》した。そうでもしないと恐怖でおかしくなりそうだ。「矢潮会」の専務——ナンバー2ともあろうものが。

「おれたちにもわからねえ。社長は毎日住まいを変えてるんだ。連絡は電話で来る。週に一回は必ずここへ顔を出すが、それだって、曜日や時間は決まってやしねえ。突然だ。今夜は社長がどこに泊まるのか——おれたちにとっても最大の関心事さ」

「困ったわね」

と女の声は言った。

「それじゃ、やって来た甲斐《かい》がないわ——って、嘘をついちゃ駄目よ、滝沢専務」

滝沢は唾《つば》を呑み込んだ。頬《ほお》を汗が伝わっていく。

「あなただけは、矢潮社長の日々変わる住まいを把握してるって、調べはついてるのよ。さ、時間の無駄使いはやめましょう。ここ一週間の社長さんの宿泊先のリストを渡してちょうだい」

「そんなものはねえ」

「なら、あなたに直接訊くわ。いいかしら？」

滝沢は夢中でドアを叩《たた》いた。

「誰か来い！　さっさと来やがれ！」

「無駄よ、聞こえないわ」

声は、もっと近くでした。

足首に冷たいものが巻きついた。

上掛けから出た白い生腕であった。

滝沢はやくぐざらしくない悲鳴を上げた。彼の金切《かなき》り声は、意外と女に似ていた。


数分後、本田が専務室のドアをノックし、返事がないので恐る恐る寝室まで入ってきた。

「いねえ」

彼は念のため、床に広がった上掛けをベッドに載せた。

「どこ行ってしまったんだよ、専務？」

その解答を示すのは、わずかに開いた窓ガラスだった。今朝掃除に来た社員が、空気を入れ替えるために開けたのを忘れてしまったのだ。

理由もなくそれを閉じて鍵も掛け、本田は出ていった。


父の容態が半月の安静で帰宅できると聞いて、沙奈はメフィスト病院を出た。

〈旧区役所通り〉に立ったところで、軽いめまいが襲った。

腕時計は午後二時ジャストを指している。

すぐに帰るつもりだったのが、ふと、ある花屋が近くだったことを思い出した。

父の容態を知らせておくべきだろう。

住所は父から聞いてある。

あと少し、というとき、左方の小路の奥で、嫌です、と悲鳴に近い声が聞こえた。

そこまで歩いてのぞき込むと、屈強な男たちが、若い娘を取り囲んでいる。

長い髪を紫のリボンで結んだ顔に、見覚えがあった。

確かメフィスト病院のホールにいた。沙奈の三人ばかり前に薬局で薬を貰《もら》い、退出した娘だ。

ショルダー・バッグに片手を入れ、沙奈はトラブルの輪の方に歩きだした。

「いいじゃねえか、うちの社長があんた見てひと目惚《ぼ》れしちまったんだよ。な、取って食おうたあ言わねえ。二、三時間ばかりドライブに付き合ってやってくれや」

男のひとりが娘の右手首を摑んだ。

「離してください。嫌です」

「そう言うなって」

年配の男がやさしく娘の肩を叩いてなだめようとした。

通行人は見て見ぬふりをして歩き去る。若者がひとりこちらへ来ようとしたが、一緒にいた娘に腕を取られて動けなくなった。男たちが娘を押すようにして〈旧区役所通り〉の方へ歩きだそうとしたとき、沙奈が到着した。

やくざにちがいない凶悪そうな顔が、勢いよくこわばる。

彼らは鬼女を見たのである。

すぐに紅《あか》い面だと気づいた。

「――何だ、てめえは？」

「おかしなファッションするんじゃねえぞ、姐《ねえ》ちゃん」

臆病《おくびょう》風に吹かれたプライドを取り戻すべく、声には凶暴なものがこもっていた。

沙奈は何も言わなかった。

前へ出て、若者二人の胸を平手で突いた。

まるで映画のように、二人は宙を飛び、片方は駐車場の鉄柵《てつさく》に、片方は電柱に激突して意識を失った。

「な、何しやがる⁉」

年配の男がベルトに差し込んだ三〇センチほどの白木の鞘《さや》と思《おぼ》しき品を抜いた。

しゅっ、と刀身が伸びた。七〇センチもある。形状を記憶していた日本刀であった。

年配の男は明らかに剣の心得があった。打ち上げると同時に突きに入る。スムーズな流れであった。

刃は鬼面の口に吸い込まれて止まった。後頭部まで抜けるはずだったのが、仮面の口に食い止められたのである。

「こ、この女《あま》ぁ」

押しても引いてもびくともしない。

諦《あきら》めて手を離し、年配の男はトカレフに似た自動拳銃を抜いた。弾道上の通行人が地に伏せる。

「くたばりやがれ！」

トカレフは火を噴いた。

全弾九発を二秒足らずで射ち終えて、遊底《スライド》は後退したきり止まった。

沙奈は立ったままだ。

傷ひとつない。

呆然《ぼうぜん》と立ち尽くすやくざの足下に、小さな物体が落ちた。弾頭であった。

もう一発――さらに一発――もう一発――九発全部。

すべて、沙奈の被《かぶ》った面が吐き出したものである。

「弾丸《たま》も食い止めやがったのか？」

沙奈が前へ出た。

かっと真っ赤な口が開く。

悲鳴を上げて、やくざは逃亡に移った。〈区外〉なら世界記録クラスの速度で、小路を曲がって消えた。

これも立ちっぱなしの娘へ、

「大丈夫？」

沙奈は声をかけた。はじめて娘の表情が和《やわ》らいだ。

「はい――ありがとうございます」

「気をつけて、早く帰りなさい。そうだ、こいつらどこの組の者か言ってた？」

「いえ、何も」

「そ？　じゃあ、一緒に来る？　その辺に仲間がいるかもしれないわ」

娘は恐ろしそうに四方を見廻し、沙奈を見つめて、

「お願いします」

と頭を下げた。よく躾《しつ》けられた仕草だった。

第四章　仮面の法

1

沙奈はふゆはるの下へ行くのを中止した。〈新宿〉のやくざともなると、どこを組員がぶらついているかわからない。自分で買った迷惑の片棒を担《かつ》がせるわけにはいかなかった。

タクシーを拾って家へ戻った。

念を入れて、一〇〇メートルばかり離れたところで降り、狭い路地へ入った。

一分ほど遅れて、荒々しい足音が駆け寄ってきた。四人の男たちは、いずれも胸に「矢潮会」のバッジをつけていた。

娘を襲った男たちの他に、もうひとり、離れたところに監視役がいたのだ。「矢潮会」流のやり方である。

「遅れたぞ。逃がすな」

「あの女《すけ》ども。二人まとめて姦《や》りまくってやらあ」

「それでも近藤《こんどう》さんが青くなってたんだ。用心しろ」

口々に罵《ののし》りながら進む男たちの前に、奇妙なものが現われた。

四人全員が頭上をふり仰《あお》いだのは、それがどこかの物干しから風に吹かれて落ちてきたのではないかと思ったからだ。

白いカバーをつけたうす緑色の上掛けであった。

ひとりが舌打ちして、蹴飛ばそうと片足を引いた瞬間、それは、ふわりと持ち上がった。

「うお!?」

と叫んで、蹴りかけた男が拳銃を抜いた。妖物かと思ったのである。

「だ、誰だ?」

と別のひとりが、こちらも拳銃を構えた。後の二人も銃把《グリップ》に手を掛けている。

どう見ても内側に人がいるとしか思えない立ち方であった。端と端は不自然に前でふさがっている。

「拳銃《チャカ》はよせ」

後ろのひとりが匕首《あいくち》を抜いた。右脇《わき》に引いて突進した。

次の瞬間、その姿は消えた。

上掛けの前が開いて呑み込んだのだと、仲間たちは理解したが、それきり出てこない。

「どうした、久坂《くさか》⁉」

と蹴りかけた男が叫んだ。

「出てきやがれ、この化物」

「そうね」

上掛けが言った。

「あんた方の兄貴分も、あたしのこと見たがってたわ。いいわ、見せてあげる。でも、いいこと？ 見たらそれでおしまい、よ」

「うるせえ！」

ひとりが前へ出た。

唇が尖《とが》る。

ごお、と炎が伸びた。

胃に直《じか》に、或《あ》るいは容器に入れておいたケロシンを霧状に噴出し、義歯に仕掛けた発火装置で火を点《つ》けたのだろう。

ガソリンを遥《はる》かに凌《しの》ぐ高純度の化学燃料は、瞬《また》く間に上掛けを炎で包んだ。

化学繊維も綿もみるみる灰と化していく。炎はたちまち消えた。

通りの方で、火事だと言う声が聞こえた。

「誰もいねえぞ」

人間火炎放射器が眼を瞠《みは》った。

壁と路上に残存する炎塊の他には、上掛けの黒い灰が散らばっているきりだ。

「内部《なか》の女はどこ行きやがった？」

「ここよ」

それが背後からと気づいても、男たちはすぐにはふり向けなかった。

ようやく最後尾の男がゆっくりと、それから意を決して勢いよくふり向いた。

その口が、あんぐりと開いた。

店の前で声をかけられ、沙奈はふり向いた。

「ねえ」

妖艶極《きわ》まりない——色っぽすぎる女が微笑《ほほえ》んでいる。牡丹《ぼたん》みたいに肉感的な女であった。白い肌に——真紅《しんく》のワンピース。実直なサラリーマンがひと目見てレイプ魔と化しても、誰もがこの女なら仕方がないと思うだろう。だが、この女は昨日、自分の身体を見ることができるのは夫だけだと、ふゆはるに言いはしなかったか。

「何か?」

娘——水菜《みずな》を庇《かば》うように、燃える女と向かい合った。

女は艶然と笑った。これも血を吸ったばかりのような唇が笑いの形に吊《つ》り上がる。男ならず女でも陶然としそうな笑みだが、沙奈は不気味なものを感じた。

「私——真田マキ。やくざの親分の女房よ。あなたたち、尾《つ》けられてたわよ」

後ろで水菜が小さく、やだ、と放ったが、うすうす勘づいていた沙奈は、

「やっぱりそうでしたか」

きつい眼差《まなざ》しをマキに投げた。登場の仕方と話からしてそうならざるを得ない。

「知ってたのか——なあんだ。恩を売って、お茶でも付き合ってもらおうと思ったのにな」

「お茶——ですか?」

「そ。あなたに感じちゃったんだ、私」

沙奈はむしろ静かに女を見つめた。

やくざの女房が自分に興味を持ち、しかもお茶に誘っている。おかしな話もいいところだが、沙奈は落ち着いていた。

さっき——マキが声をかけてくる前から、ショルダー・バッグが震えている。正確にはバッグの中身——護身用の鬼面が。

「あなたもいきなりお茶じゃ気味が悪いでしょうから、事情を説明するわね。私、今日、あなたがぶちのめしたやくざ――『矢潮会』の事務所へ乗り込んで、専務をとっ捕まえたのよ。その帰り道、あんたとあいつらの戦場にぶつかったのよ。凄い技使うわねえ。あのお面、ちょっと見せてくれないかしら?」

「いえ、お断わりします」

沙奈はきっぱりと口にした。見せてはならないような気がした。

マキは気にした風もなく、

「そう。とにかく、そのお面の戦いぶりに魅《ひ》かれて、あなたと話したくなったわけ。後を尾けたら、タクシーに乗ったから慌《あわ》てたわよ。何とか見失わないで済んだわ。そしたら、やくざの仲間も尾行してたのに気づいて、今、始末してきたわ」

消防車のサイレンが聞こえたのは、この女《ひと》のせいか、と沙奈は納得した。

「申し訳ありませんが、今はお話しできません。でも、いつかでよろしければ」

「そう、残念ね」

マキは、さして残念そうでもなく微笑し、

「それじゃ、またいつか」

と言った。それから、家の方を見上げて、

「新しいお面を打ってるわね」

沙奈の顔から血が引いた。

「出来たら、そのお面、捨てなさい。そして、依頼主から離れたほうがいいわ。騙《だま》されたと思って、そうなさい。今ならまだ、間に合うかもしれない。人間《ひと》は別の顔を弄《もてあそ》んじゃあいけないのよ」

こう言って背を向け、歩き去るマキを見送ってから、沙奈は家へ入った。

弟子に命じてお茶の用意をさせ、改めて話を聞いた。

水菜の本名は久米《くめ》水菜。〈落合《おちあい》〉に住む造花職人の娘で、今日はメフィスト病院へ自宅療養中の母の薬を貰《もら》いに来たのだという。

病院を出てから、〈職安通り〉にある卸商《おろししょう》の店で、木蓮《もくれん》の新種の種を買うために、見物がてら裏通りを歩いていたら、やくざどもが声をかけてきた。メフィスト病院を訪れた社長がひと目惚れして、二、三時間ドライブに付き合ってほしいと言っている。

当然断わったら、ああなった。

娘はまだ怯《おび》えていた。やくざ仲間がやはり尾けていたと、マキから教えられたせいである。一生付きまとわれるのではないか。

「大丈夫よ」

と沙奈は慰《なぐさ》めた。

「彼女が始末してくれたわ。そう言ってたでしょ」

あの女なら平然と殺人を犯し、ミスは犯さないにちがいない——こんな確信があった。

「お茶を飲んだら送らせます。リラックスしてらっしゃい」

「面を打たれるのですか?」

娘は訊いた。好奇心満々であった。壁に掛かった面が、それをあおる。

「まだ真似事です。あなたおきれいだけど、当分は外に出ないほうがいいわ」

「わかってます。でも、あなたは大丈夫なのですか?」

「私には一〇〇〇人以上のボディガードが付いています。もうご覧になったはずよ」

「それは心強いわ。よかった」

三〇分ほど話した後で、水菜は弟子に送られて去った。

沙奈は仕事場に戻った。

ふゆはるに依頼された面は、あと二日もあれば完成する。問題はその期間が無事では済みそうにないことであった。

作業場を飾っていた面は、半分に減っていた。作業台の周囲に散らばる破片がその骸《むくろ》であった。

ふゆはるが去った後、面同士の戦いは際限なく繰《く》り返されたのである。

「今は小休止。しばらくしたら、また始まるわ」

「そうね、同感よ」

愕然《がくぜん》とふり向いた沙奈の前方三メートルほどの床に、白いカバーをつけたうす緑の上掛けが広がっていた。

何の考えも浮かばず立ちすくむ沙奈へ、上掛けはまた言った。

「さっき見たいと言ったお面はもういいわ。その台の上にある打ちかけ——それを頂きたいわ」

「あなた——さっきの——マキさん⁉」

ようやく沙奈は声に気がついた。しかし、この上掛けは何なのか、さっぱりわからない。

その心を読んだかのように、

「私、恥ずかしがり屋なの。やっと、正直に話せるわ」

する、と上掛けが前進した。


沙奈は素早く作業台へ走って、片手で面を摑み、片手で手もとの非常用スイッチを入れた。

三〇秒とかからず、ドアが開いて二人の弟子が入ってきた。

どちらも鬼面をつけている。

「上掛けの下に隠れている人を出して。恩のある方よ、気をつけてね」

「はい。お客さま——起きていらっしゃいますか？」

「出てくださいまし。お詫《わ》びとお礼とを申し上げなくてはなりません」

返事はない。

二人の弟子は面をチェックした。

これも沙奈と同様、防禦《ぼうぎょ》のための面か、それとも——

空気がゆっくりと動きはじめた。すぐに渦となった。

沙奈が、はっと手にした面を見た。

それは激しく震え、沙奈の手から離れようとしていた。

逃げるためか？　戦うためか？

少なくとも、戦場の用意は整ったようであった。

2

――水菜さんが帰った後でよかった
沙奈はまずそう考えた。

子供の頃から、怪事に憑《つ》かれたような家であった。面しかない無人の座敷から笑い声やすすり泣きが聞こえれば、二度と遊びに来る友人はいなかった。お化け屋敷と言われても悲しくはなかったが、家へ来た友人たちが以後露骨に避けるようになるのは胸が痛んだ。

今日は大丈夫そうだ。

「この面をどうするおつもりなのでしょう？」

「破壊するわ」

あまりにも明晰《めいせき》な言葉に、沙奈ばかりか二人の弟子も眼を剝《む》いた。

「それは――」

「その面から漂うものは私に対する凄《すさ》まじい敵意よ。家の外からも私にはわかっていた。依頼したのは誰？　秋ふゆはる？　それとも、メギルという男？」

「あなたは、秋さんのお知り合いですか？」

「正確には宿敵かしらね。今の口ぶりでわかったわ。秋さんにはお気の毒。ひとりだけ、余計な武器を持ってほしくはないのよ」

「武器なのですか、これは？」

マキの声は呆《あき》れたように、

「打っていてわからなかった？　そこに散らばっているのは、他の面の残骸《ざんがい》でしょう。まるで破壊神じゃないの」

「たとえ、そうでも、お渡しはできかねます。この面はまだ打ち終えておりません」

「困ったわね、私も力押しなんてしたくないんだわ。ねえ、お金でどう？　一〇〇万出すわ」

「お断わりします」

「十倍でも駄目？」

「万倍でも」

マキの声は溜息《ためいき》と化した。

「あーあ。仕方がないなあ」

長い語尾になった。

急に途切れた。

弟子たちが駆け寄り、上掛けの裾《すそ》を摑んで引いた。

下には何もなかった。

弟子たちは、上掛けの裏も覗いて、首を横に振った。

不意に、ひとりがそれを身にまとった。いや、上掛けが巻きついたのである。

短い悲鳴が上がり、もうひとりの弟子の足下に、縦に裂けた鬼の面が落ちた。


別の悲鳴が沙奈の口から漏《も》れた。手の面が、顔に貼《は》りついたのである。

もうひとりの弟子を制して、前へ出る。

右手がいつの間にか鋭い鑿《のみ》を握っているのを弟子は見た。

ためらいもなく、沙奈は直立したままの上掛けに切りかかった。

しゃあと表面が切り裂かれるや、うすい寝具は綿を露呈しつつ床に落ちた。

「黒川《くろかわ》!?」

残る弟子が叫んだ。上掛けの下には何もない。

「下がっていろ」

沙奈の叱咤《しった》に、彼は驚愕した。口調も声も別人のものだ。

沙奈は天井をふり仰いだ。見えない手に顎《あご》を摑まれねじ向けられたような、不自然な動きであった。

その眼の前に真紅の影が舞い下りた。マキであった。

後ろから弟子が抱きついた。

マキが両腕をつっぱると、腕は呆気《あっけ》なく外れ、肘《ひじ》打ちを鳩尾《みぞおち》に食らった弟子は吹っ飛んで壁に激突した。

沙奈の右手が真っすぐマキの顔面へと伸びた。鑿が触れる寸前、マキは手首を摑んで自ら回転した。

一回転する寸前、手を離す。

沙奈は遠心力の波に乗って宙を飛び、奥の壁に頭から叩きつけられた。

光るものが飛んだ。

マキの眉間《みけん》を貫《つらぬ》くはずの鑿は、間一髪逸《そ》れて背後の壁に突き刺さった。その真下に弟子が失神中である。

沙奈がすぐ起き上がったとき、マキは眼前に迫っていた。

五指を伸ばした右手が鳩尾のやや上に吸い込まれるのを沙奈は見た。それは背中まで抜けた。

痙攣《けいれん》する沙奈を愉《たの》しみ抜くように見つめて、マキは左手を右顎の方へ上げて、手は手刀の形を取っている。振れば沙奈の首を切り飛ばすだろう。沙奈の身体《からだ》はマキの右手に縫《ぬ》い止められたままだ。

だが、マキはふり向いた。右手が抜け、自由を獲得した沙奈の身体が、どっと崩れ落ちた。

「あーら」

と両手を頰《ほお》に当てて身をくねらせるのは、羞恥《しゅうち》の表現か。

「やだ、恥ずかしいじゃない。素っぴんでご対面なんてさ」

咎《とが》めるというより甘えるような物言いは、戸口に立つ秋ふゆはるに向けられたものであった。

「小説みたいな展開はやめましょうよ。可憐《かれん》な美女の危機一髪の窮地《きゅうち》に現われる謎の仮面なんて、さ」

ふゆはるは無言で前進した。右手がベルトから蒼《あお》い薔薇《ばら》を抜いた。マキの表情が変わる。

その胸もとへ蒼い薔薇が吸い込まれるや、マキはがっくりと膝《ひざ》をついた。

立ち上がる眼前にふゆはるが迫った。白い美貌《びぼう》の眉間に鑿が打ち込まれるのを沙奈は見た。

次の瞬間、マキの姿は忽然《こつぜん》と消えていた。

ふゆはるはまず沙奈に近づき、鳩尾を調べた。傷《きず》痕《あと》もない。

「大丈夫です」

伝える声は弱々しいが、張りがある。何より沙奈の声であった。仮面は脇に落ちていた。

弟子には活が必要だった。

「ひとり――消えてしまいました」

沙奈からこう聞いて、

「諦《あきら》めなさい」

と言った。

「警察へ届けても無駄でしょう。彼は〈新宿〉の運命に従った」

「この街でこの仕事についてから覚悟はしております。口外は禁じます。黒川さんの家族には、充分なことをいたします」

残った弟子は大きくうなずいて去った。

扉が閉まってから、

「どうして、ここへ?」

沙奈はいちばん気になることを訊《き》いた。

「面が騒ぎました」

「ですが――」

奇怪な上掛けという形でマキが現われたのは、ほんの数分前だ。〈歌舞伎町〉にいるふゆはるが駆けつけられるはずがない。

「正解は、近所のお宅へ花を届けに来た。勝手に上がり込んだ不作法はお詫《わ》びする」

「とんでもない――でも、こんな〈落合〉の方からも注文があるのですか?」

「うちの店にしかない花が、お気に入りの方がいるものでね。店員を休ませているので私が来た。それが幸いしたらしい」

「本当に」

それから、沙奈は問われるままに事態を説明した。

打ちかけの面を見つめて、

「この面は戦いのための面なのでしょうか？」

ふゆはるはうなずいた。

「あなたが聞いたメギルを加えて、私とあの女で三人――その運命は、古《いにしえ》の闇《やみ》の時代から存在する仮面によってつながれている。正直、どちらと戦っても互角――この互角は痛み分けとはなりません」

「相討ちですの？　それで、この面を」

悲痛な内心を、ふゆはるは読み取ったにちがいない。

「卑怯《ひきょう》と思われるのなら、無理強《じ》いはできない。面は頂いて帰ろう」

「いえ」

沙奈はきっぱりとかぶりを振った。

「お渡しできません。いま生命《いのち》を救っていただいたお方の生命を守るための面――魂に賭けて打たせていただきます」


「余計な世話かもしれないが、あと二日間、私が付き添おう」

沙奈は恐ろしいものを見るように、仮面の若者を見つめた。付き添い云々《うんぬん》に怒ったのではない。面打ちの終了まであと二日なのだ。なぜわかる？

「迷惑かね？」

「いえ、こちらからお願いいたします」

沙奈は若者の顔から、手の鬼面へと眼を移した。胸が熱い。彼の顔を見ていたら、何かが起こりそうだった。


「おい、何してるんだ？」

うすい闇が翼を広げている。その下にわだかまっていた人影が五つに分かれた。驚いたような動きであった。

麻呂亜はジェット・チャリを降りた。指紋錠をかけて、影たちに近づいていく。

〈下落合〉にある〈おとめ山公園〉である。ひと月ばかり前に〈第三級安全地帯《ザ・サード・セフティ・ゾーン》〉に指定されたが、時折おかしな現象が起きるので、日が落ちれば近づく者も少ない。

「何だよお、てめえは？」

「余計なことに首突っ込むんじゃねえよ」

近づくにつれて、影たちはチンピラの風貌《ふうぼう》を明らかにしはじめた。

麻呂亜は素早く武器を確認した。

ナイフが二人、ブラックジャックがひとり、釘打《くぎう》ち銃がひとり、五人目は素手——たぶん、拳銃だろう。

五人がこしらえた輪の真ん中に、黒いコート姿が蹲《うずくま》っていた。うす闇の下でも、ツートンカラーの仮面を被っていると知れる。黒いドラム・バッグを抱くようにかかえている。

頰の痣《あざ》や唇の端からこぼれた血が、麻呂亜の若い精神に怒りの火を点《とも》した。

「てめえら、外国から来た人にどんな歓迎の仕方をしてやがる？」

五人はこちらへ向かってきた。

いきなり、ガスの抜ける音が湧《わ》いた。

光るものが麻呂亜の顔面に飛んだ。

キン、と音が笑って、銀色の五寸釘は一〇メートルも離れた木立の幹に突き刺さった。

「この野郎！」

ブラックジャックの男が殴りかかる前に、新たな釘が二本飛んで、ことごとく打ち落とされた。

喧嘩《けんか》馴《な》れした不良少年たちであるが、麻呂亜の動きは彼らの常識の埒外《らちがい》にあった。

ナイフが閃《ひらめ》き、釘打ち銃が唸《うな》り、ブラックジャックも疾《はし》ったのだ。

だが、そのどれひとつも少年の身体には触れず、彼らの間を駆け抜けた麻呂亜が仁王《におう》立ちになったとき、チンピラたちは全員両眼を押さえて地面に転がっていた。絶叫がその身体に絡みついた。

「こいつらを連れて帰るか？　てめえも仲間に入る

か?」

麻呂亜は対峙《たいじ》した五人目に訊いた。

すでに武骨なレーザー・ガンを向けている。レーザー・サイトの赤点《レッド・ライト》は、麻呂亜の眉間に止まっていた。

「やめとけ」

と麻呂亜が笑いをこらえて言った。

「何がおかしい?」

チンピラは歯を剝いた。人間離れした悪鬼の表情である。麻薬《クスリ》を飲《や》っているにちがいない。

「そのレーザー、〈歌舞伎町〉の売人《たちんぼ》か〝〈歌舞伎町〉通信販売〟で買っただろ? とんでもない粗悪品だぜ。出力増幅器がイカれてるし、焦光レンズも傷だらけだ。まともに射《う》てるのは一〇回が限度だ。それくらいはもう使ってるだろ。引金引けば、ドカンと行くぜ」

「うるせえ。下手な脅しかけやがって。こいつには高《たけ》え金を払ったんだ。威力も確かめてある。こうしてな!」

真紅の光条が銃口と麻呂亜の額《ひたい》とをつないだ。

チンピラの勝ちだ。

だが、一〇万度の熱線《ヒートライン》は、少年の鼻先で右へと方向を転じた。

「え?」

何が起きたかもわからず引金だけを引き続けるチンピラの前から、麻呂亜は消滅し、ふたたび伸びたビームは背後にあるブランコの鉄柱を貫いた。

両眼を裂かれたチンピラがのけぞるのを確かめ、麻呂亜は犠牲者に近づいた。

「すまなかったな、仮面の人。この街にはこんなダニが多すぎる。けど、いいとこもあるんだぜ。ほれ」

立ち上がらせようと左手を差し出し、麻呂亜は仮面の眼が、その手ではなく、右手に焦点を合わせているのに気がついた。

バタフライ・ナイフはまだ手の中にあった。

3

「面白い使い方をするね」

　イントネーションに少し難はあるが、流暢《りゅうちょう》な日本語であった。麻呂亜は勘違いに気づいた。

「人を見る眼がないな、おれ。なんで、あいつらにやられっぱなしになってたんです？」

「こう見えても平和主義者でね」

「イエス様も誇りに思ってますよ」

　男の胸もとに垂れている黄金《きん》の十字架は、麻呂亜の瞳の奥でも光を放っていた。

「茶化すなよ」

　男は立ち上がった。まだ射たれたばかりの獣のように呻《うめ》いているチンピラどもを眺めて、

「眼をつぶすとは――過酷すぎないか？」

「この街の悪タレには、この街の罰を与えないとね。なに、眼の玉くらいメフィスト病院へ行けば、すぐ新しいのと替えてくれますよ」

「噂《うわさ》には聞いていたが、つくづく凄い街だ」

　と男は溜息をついて、

「君のナイフ――どうやってレーザーを防いだ？」

　この男は戦いのプロだ、と麻呂亜は確信していた。退役した戦士かもしれない。そんな人物に、戦いについて訊かれるのは、血気盛んな若者には誇らしいことだった。

「レーザー・ガンはまず狙いがブレませんからね。狙撃点さえわかれば、そこへ刃を持ってくればいいんです」

「しかし、タイミングはどうやって合わせる」

「引金にかかった指と眼っスよ」

「なるほど」

「引金を引くタイプでも、ボタンを押すタイプでも、その瞬間は必ず指が動きます。おれは必殺セコンドって呼んでますが。その瞬間を捉《とら》えりゃ一瞬前に処置できます」

「それにしても——騙《ブラフ》しってこともあるだろう」

「それは眼でわかりますよ。人を殺すときの眼ってのは、どんな人間でも、ぞっとするような眼つきになる。これは誤魔化《ごまか》せませんせん」

麻呂亜は、口もとに皮肉っぽい笑みを浮かべて、

「よく知ってるくせに」

と言った。

「どうかな」

男は右手を差し出した。

「とにかく助かった。ありがとう」

「いえ」

「日本の若い勇者の名前を教えてもらいたい」

「はは。麻呂亜です」

「おれは——メギルという。アダムとイブの国から来た。世話になった」

「いいえ」

「そうだ」

男は何か思い出したようにこくりとし、コートの内側から一枚のカードを取り出した。

「恩義には報《むく》いなくてはならん。故郷の哲理を忘れるところだった。これで済んだとは思わないが、受け取ってくれたまえ。〈歌舞伎町〉のどんな店でも五〇万円分遊べるそうだ」

「ラッキ。でも貰えないよ」

メギルはその手を取ってカードを押しつけた。

「君が来てくれなかったら、彼らは——」

とチンピラたちをもう一度見廻し、麻呂亜の手に握らせた。

「じゃ、な」

麻呂亜から離れて数メートル行ったところで、メギルは横倒しになった。

麻呂亜は駆け寄った。

ぎょっとした。

右半身にべっとりと血糊《ちのり》が広がっている。別れるときまで気がつかなかった——いや、そんなもの一《いっ》切《さい》なかったのだ。

「こりゃ重傷だぜ。すぐ病院へ連れてってやる。我慢しなよ」

と腕を取ると、

「大丈夫だ。放っておいてくれ」

「この血を見なかったらね。おれのチャリは時速二〇〇で飛ばせる。病院まで五分さ」

「血はどこについている？」

「は？　何を——ここ——えーっ⁉」

麻呂亜は眼をこすった。

「おれをからかってるかい？」

「いや。すまない。本当にこれで別れよう」

彼はまた立ち上がって歩きだした。

麻呂亜はもとの位置を動かなかった。このままで済むとは思えなかった。どこか歪《ゆが》んでいる。

メギルの長身の影は闇をなお進み、また倒れた。

「——やった⁉」

むしろ歓声を上げて、麻呂亜は駆け寄った。


チャイムが鳴った。チェック・スクリーンを見て、娘は微笑しかけて、迷った。

麻呂亜さんだ。でも、大きな外人さんに肩を貸している。

「いるかい、おれだ」

「今、開けます」

娘はロックを外して二人を迎え入れた。

麻呂亜はしかし、入ろうとせず、

「しばらく倉庫を貸してくれないか？」

と申し込んだ。

「いいけど、その人——血だらけじゃないの。病院へ入れないと」

「確かに血だらけだ。今のところはね」

「——今のところ？」

「おれにもよくわからないが、長い間に受けた傷の影響で、治癒したり、しなかったりするそうだ」

「よくわからないけど、そういう人もいるかもね」

この娘も〈新宿〉の住人なのだ。

「――でも、病院が嫌だっていうと」

「そういう人間もいるさ」

麻呂亜は両手を合わせた。

「頼む。何も訊かねえで、少しの間、倉庫に入れてやってくれ。勝手に入り込んだってことで、何も迷惑はかけねえ。おまえは近づかなくてもいいんだ。少ししたら、勝手にいなくなってる」

「少しってどれくらいよ？」

やはり女だ。不安になるのが当然である。

「二日下さい」

メギルが言った。真っすぐに立って、表情にも苦しさは消えていた。男らしい声であった。

娘は彼を見つめ、

「わかりました。好きなようにお使いください。用があれば、お電話を」

「ありがてえ。助かるぜ、水菜ちゃん」

「いいえ。じゃ、すぐ倉庫を開けます」

奥から鍵《かぎ》を取って娘は先に立った。

外国人に向かって、

「私、久米水菜と申します。偽名でも結構ですから、何かつけてください」

「メギルです」

「――わかりました」

口の中でその名をつぶやき、水菜は裏の倉庫へと家の角を廻った。


その日の正午前から、〈新宿〉には珍しく、各〈ゲート〉に非常線が張られた。

的《まと》は警官殺し――黒いドラム・バッグに警官二名を呑み込ませた仮面人の逮捕である。

交通は大渋滞に陥《おちい》り、警官隊と暴力団関係者とのトラブルが続出、〈四谷ゲート〉では銃撃戦が発生し、〈早稲田《わせだ》ゲート〉では、装甲車と戦闘スーツまで出動するに到った。

戦闘はエスカレートし、〈歌舞伎町〉を中心に、〈区〉の十数カ所で市街戦に近い大戦闘が勃発《ぼっぱつ》した。

〈新宿〉の戦闘は〈区外〉の警官対暴力団のそれとは大幅に異なる。

警察・暴力団ともに装甲車、レーザー砲、無人砲車、戦闘用ロボット等のメカニズムを動員する上、妖物、魔術も惜しみなく導入されるため、巨大な悪魔の幻想体へ、警察の戦闘ヘリがミサイル攻撃をしかけ、やくざの対空ロケット砲で撃墜されるというような、映画顔負けの事態が現出する。

そんな時間にも、〈区民〉たちは、〈区外〉のジャーナリストいわく、

「驚くべき冷静さ、ニヒルぶりを示し、幼児すら慌てる風がない」

のであり、戦闘地点から数ブロック離れたマンションでは、みな優雅な昼食を摂《と》っていたのである。

麻呂亜は、「AWSフラワー」の前でジェット・チャリを降りた。

来るなと言われれば行きたくなるのが人情――というのではなく、チャリで送った女について、話を聞かせたくなったのである。

メギルを助けたのは〈下落合〉であった。

そのとき、彼は地下鉄東西《とうざい》線〈早稲田駅〉前から〈矢来町〉まで奇妙な女を便乗させ、彼女の家へと送り届けた後だったのである。

〈新宿〉巡りの趣味は、どうかして、おかしな荷物を拾ったり、およそ彼の人生に縁のなさそうな人物と知り合う機会を生む。その女もこれまでの経験に照らし合わせれば、決して奇妙とはいえなかった。

〈駅〉前の電柱にもたれて呻いていた女は、燃《あか》えるような真紅のワンピースの上の顔を、もっと紅いハンカチで隠していた。足を止める通行人もいるが、そのハンカチを見ると、みな透明人間の前を通過するような無関心ぶりでいなくなってしまう。

それを見て放っておけないのが、麻呂亜という少年なのであった。

「どうしました？」

と声をかけると、

「あら、嬉しい。この街にもまともな男がいるのね」

と微笑した顔の、ハンカチの下からもわかる色っぽさといったらなかった。

女は真田と名乗り、〈矢来町〉の自宅まで連れていってほしいと申し込んだ。

「いいスよ」

義を見てせざるは、というのは、こんな場合だろう。しかも――美女だ。麻呂亜は女を後ろに乗せ、一〇分足らずで目的地の豪邸の前に到着した。時速二〇〇キロ。ゴボウ抜きも信号無視もやってのける無謀で大胆で繊細な運転ぶりに、女は歓声を上げ、手を叩《たた》き、それじゃと戻りかけた麻呂亜を後ろから抱きしめた。

「必ずお返しするわ」

熱い声が耳もとでささやき、甘い息が鼻孔をくすぐった。

「とんでもない。浮世の義理です。さようなら」

大慌てで走りだし、恋人の家がある〈落合〉へ向かって、もうひとりの同乗者と遭遇したのだった。

股間が張りつめたせいもあるが、〈落合〉まで来てそれが収まると、彼は女の胸に遺《のこ》されたある印《しるし》を思い出した。蒼い花を叩きつけたような蒼い染《し》みを。

メギルを恋人に託してから、麻呂亜は勤め先へ急いだ。そして、下ろされたシャッターの前に立ち尽くしたのだった。

「店長ぉ～」

と我ながら情けない声を出したとき、誰かが肩を叩いた。

第五章　アラトの契約

1

「誰だい、あんた？」

麻呂亜は、不審と疑惑を露骨に表明しながら訊《き》いた。

グレーの背広に白い開襟《かいきん》シャツ、手にした扇子《せんす》を激しく動かしている。すぐにわかった。

「刑事《でか》さんか？」

「ぴんぽーん」

と相手は面白くもなさそうにうなずき、白い歯——とIDカードを見せた。

「神西ってもんだ」

麻呂亜の眉《まゆ》が寄り、えっ？——短い叫びとともに戻った。

「神西って——〈新宿署〉の？〈凍らせ屋〉を凌《しの》ぐ最高の刑事《けいじ》さん？　いつ還ってきたんだ？」

「昨日」

重々しく答えて、

「君は麻呂亜くん——この店の店員さんだね。秋店長は留守か？」

「わかんない。おれもいま着いたばかりだ」

「オッケ」

神西はシャッターに近づき、拳《こぶし》で叩《たた》いた。麻呂亜が、おい、と注意したほどでかい音が上がった。通行人がふり向いた。

彼らが歩きだしてから、少し待ち、

「いないようだな。アイス・コーヒーでもどうだ？　話も聞かせてほしいしな」

「おれは自宅待機中の身だ。何も知らないよ」

「そう言うな。店や店長のこと——しゃべれる範囲でいいからさ、な？」

肩を叩かれ、麻呂亜はこら逃げたほうが利口だと思った。

「——わかった。いいよ」

なぜ、こう言ったのかは、わからない。

「ありがとう」

二人は歩きだした。

麻呂亜には、協力するつもりなどなかった。それなのに、まるで長年の知己《ちき》のように並んで歩いている。相手のペースに呑み込まれるにしても異常だ。いつもの麻呂亜なら、何か術を使ったな、と用心するところだが、

――これが〈新宿警察〉一の刑事《でか》ってものかと納得してしまった。


午後七時――夏の夜が闇に身を委《ゆだ》ねた。黒い指揮者がふるう指揮棒に合わせて、〈新宿〉は奏《かな》ではじめる。

〈魔界都市〉の交響を。

ヴァイオリン、ヴィオラ、サックス、ホルン、ペットにシンバル――演奏家《プレイヤー》たちは、すべて死者だ。

音楽が主張だとするならば、彼らはこう叫ぶ。

廃屋に潜《ひそ》むものよ、眼醒《ざ》めよ。路地の闇に逃亡しているものよ、眼醒めよ。諸々《もろもろ》の影に溶けているものたちよ、眼醒めよ。万物を呪《のろ》い怨《うら》むものたちよ、眼醒めよ。おまえたちの世界が始まった。見るがいい。

〈歌舞伎町〉の通りを漂う光る顔。〈早稲田通り〉を疾走する運転手のいない車、車、車。〈新宿駅〉の瓦礫《がれき》の間から這《は》い出る影たち。〈コマ劇場〉の壁面を蠢《うごめ》く触手。

闇の交響に応えて彼らは声を合わせる。

〈新宿〉が今、

〈魔界都市〉に変わると。

人間《ひと》と魔性《ましょう》との戦場に。


沙奈の身体《からだ》が、そっと前へのめった。

台上の仮面にぶつかる寸前、横から伸びた手がそれを支え、床上に横たえた。

「根《こん》の詰めすぎだ。休みを取りなさい」

いま手がけている面のように白い顔で、沙奈は微笑した。

「それでも、寝室へは連れていってくださいませんのね」

「すまない」

「休んだらすぐ打て、と仰《おっ》しゃってください」

「意地の悪い女性《ひと》だ」

「――ごめんなさい。疲れているようです」

閉じた瞼《まぶた》の間から、光るものがこぼれた。

「目的地も示さず、美しい船長を荒海に出してしまったようだな」

とふゆはるは疲労しきった娘を見下ろした。言葉は優しいが、口調は鉄である。

鉄は黒い光沢を消さず、意外な内容を口にした。

「では、目的地についてお話ししよう。絶海の只中《ただなか》に浮かぶ、明日にも高波に呑まれてしまいそうな島についてだが」

沙奈は眼を開いた。驚きの光が溢《あふ》れ出た。


起き上がろうとするのを、ふゆはるは止めた。

天窓から月光のみが差す夜の密室である。仮面の声は、それ自体更ける夜のごとく流れた。

「世に三つの面がある。私と――他に二人が所有する品だ。面同士は互いに相討つ運命《さだめ》を負っている。あなたの打っているのは、残りを斃《たお》すための面だ」

息を詰めて聞いていた娘の唇から、長い長い溜息《ためいき》が漏《も》れた。

糸のようなそれが、作業場のどこかに消えると、最後に小さく、

「戦いの面」

とこぼれた。

「それで、この部屋の面がみな……残る二つは、あなたでも勝てない力を持っているのでしょうか？」

「一対一ならともかく、二つまとまっては勝ち目はない。まとまることはないと思うが、可能性はある。二つの持ち主は、メギルという男と真田マキ――先ほど撃退した女だ」

沙奈は眼をしばたたいた。

「でも、あの女性《ひと》は面をつけていませんでした」

その顔をふゆはるの右手が覆《おお》った。

「眼を閉じて——聴きなさい。ここは〈新宿〉ではない」

白い顔——仮面の顎《あご》に、小さな波が生じたのを、沙奈は見ることができなかった。

それがまさしく波とその上に浮かぶ船らしい形を取ったことも、むろん、知らなかった。

彼女はただ、部屋に満ちるのが月光のみではないと認識した。

鼻孔に潮の香りが押し寄せ、衣裳《いしょう》を通して水の冷たさが肌に触れた。

怒号が聞こえた。海のものか空のものか。どちらも吠《ほ》えている、と沙奈は受け入れた。

今日できっかり四〇日目だった。人も積荷も、何より船自体が疲弊《ひへい》しきっているのは明らかだった。

甲板《かんぱん》に出て糸杉の船腹を毟《むし》ると、弱々しく剝《は》がれた。指で押した。水が滲《にじ》み出す。海水だ。

「鳩は帰らなかった」

と白髪の老人は、白い世界の奥を見透かすように眼を細めた。

「その前にオリーブの小枝を運んできた。役目は果たしたのだ」

声の主は長男だった。二クビト（約一メートル）と離れていないはずが、朧《おぼろ》な影にしか見えない。二人と船は、濃霧に包まれていた。

「雨と風が熄《や》んだらこの様《ざま》だ。親父さま——おれたちは行く先を決めるどころか、見ることもできないんだ」

「偉大なるエホバの思《おぼ》し召しだ。わしらにどうこうできる問題ではない」

「けど、この船をこしらえたのも、積荷を積んだのも、他の仲間を置き去りにして船出したのも、エホバの思し召しだ。まさか、このまま飢え死にってことはないだろうな」

「神のお考えが、わしらにわかるわけはない」

「しかし」

長男の声が、激しく揺れた。

凄《すさ》まじい衝撃が長い船体を伝わり、二人を甲板に倒すまで十数秒を要した。

「何だ、どうした?」

膝立《ひざだ》ちになった老人の隣《となり》で長男が立ち上がった。

甲板の端から下を覗《のぞ》き込もうと思ったが、途方もない時間がかかりそうなのでやめた。この船の横幅は一万クビト(約五〇〇〇メートル)もあるのだ。

「着いたな」

と老人が噛《か》みしめるように言った。落ち着いた声には万斛《ばんこく》の思いが詰まっていた。

「新しい大地の名はアララトだ。積荷どもを世界へ下ろす準備をしろ」

と長男へ命じ、少し離れたところにある〝吊り部屋〟に入った。太い蔓草《つるくさ》で編んだロープで上下する部屋は、部屋へ入った階層には関係なく、床を踏んだ回数と同じ階層へと上下する。つまり、老人と長男がいた甲板へは、一階層下にいても、五〇〇回の足踏みを欠かせないのだった。

目的地は船底。一回で済んだ。

部屋の前に並ぶ〝首のないロバ〟に乗り込んで通路を走りだすと、おびただしい積荷どもの声が鼓膜を揺すった。

世界中から集めたつがいの中からそいつらを選択し、船に運び込み、個別の檻《おり》に閉じ込めるまでの苦労を想起し、老人は吐き気を覚えた。

〝神〟の援助はあったとはいうものの、あんな真似は二度とごめんだ。こいつらもろとも暴風雨にのたうつ海に消えてしまいたいと何度思ったことか。

何とか耐えられたのは、〝神〟のおかげだろうか?

そう言えないこともない。

老人は笑った。その笑みは皮肉にならざるを得なかった。

ロバを下りると足音が追ってきた。積荷の管理に当たっている子供たちだろう。子供は六七四人いる。これも神のおかげにちがいない。

「陸に着いた。安全かどうか見てこよう。おまえたちは外へ出るな」

こう伝えて、老人は足を止めた。巨大な扉の前である。

縦横六〇〇クビト（約三〇〇メートル）もあるのは、最大の積荷に合わせてあるからだ。

老人は横の壁の一カ所を拳で強く押した。拳が楽に入るほどの部分が内側へ沈むと、内側に垂れた蔦《つた》を引いた。数本をよじり合わせたものである。

光と――霧が怒濤《どとう》のように押し寄せた。六〇〇クビト四方の扉が、何のためらいもなく外へ倒れたのである。

爆発に似た轟《とどろ》きが乳白の光を攪拌《かくはん》した。空気は退き、数秒の間を置いて船内へと押し寄せた。

近くで巨大な気配が幾《いく》つも波立ち、遠くで咆哮《ほうこう》が上がった。積荷も気がついたのだ。

老人は糸杉の扉の上を六〇〇クビト歩き、それから大地に触れた。

柔らかく平坦な大地ではなかった。革製の靴の底を下から押すのは粗《あら》い岩場であった。

――まず、祭壇を作らなくてはならんな。いや、その前に神《エホバ》に祈りを捧《ささ》げねばならない――いやいや、その前に

冷たい水が背すじを流れて、彼の意識を覚醒させた。水は恐怖だった。

背後で足音が聞こえた。

「父ノア」

と呼びかける声は、次男のハムであった。

「長男セム、三男ヤペテ以外の兄弟はみな骸骨《がいこつ》になり、塵《ちり》に化けた。おれたちは平気なのか？」

「怯《おび》えるな、次男ハム」

と老人は脅《おど》すように言った。

「おまえたち三人以外は、神の授けたもうた子らだ。生命《いのち》も神の与えたもうた偽りと知れておる。いま船に残る生者は、我が一族の他は誰もおらん。さて、おまえたちに知らせることがある。おまえたちは、わしの倅《せがれ》ではないと、な」

三人は霧の中で顔を見合わせたが、それぞれ前方の二人の顔を見ることはできなかった。霧はかくも深いのだ。

2

老人――ノアはゆったりとした長衣の懐《ふところ》に右手を入れ、すぐに戻した。

どんな持ち方をしているのか、三つの仮面がぶら下がっていた。

「父ノア、おれたちは何者なんだ？」

霧に滲《にじ》む影のひとつが訊いた。息子として生きてきた三人のひとりが。

「神の遣《つか》わした者たちだ」

とノアは答えた。

「方舟《はこぶね》が海の上を漂い流れだしたとき、わしは六〇〇歳であった。今は六〇〇と一歳。この先、何年生きるかは知れぬ。おまえたちには、さらに長い寿命が与えられているはずだ。それは、この仮面を新しい世界に伝えるためよ」

「何故《なにゆえ》、息子として育てられたのですか？」

別の声が呆然《ぼうぜん》たる驚きを残して訊いた。

「長命を授かるためには、地上の肩書きが必要なのだ。しかし、授かった以上、おまえたちは自由の身だ。ここはアララトの山頂だ。霧が晴れるのを待たず、世界のどこかへ行くがよい。後は面が道を示してくれるだろう」

「その面は神の作りたもうたものなのでしょうか？」

「否《いな》だ」

霧の中の影たちは凍りついた。

「方舟をこしらえる前日、これらは神の託宣とともに、わしの机の上にあった。漂流の初日に海中に投じよ、とな。わしは従った。しかし、面どもはいつの間にかもとの机の上に戻っておったのだ。それが神の思し召しか、神に敵対するものの意志かは知らぬ。だが、それからは、航海中ずっと、面がわしに話しかけてきた。自分たちは、人間誕生以前にこの世界を統《す》べていた三つの存在が、その思いを込めて打ったものだとな。彼らはそれぞれが支配者になるつもりでいた。彼らが滅び、面に全てを託さざるを得なくなったのも、その独占欲のせいだ。本来ならば、新たな時代を統べるものは、戦いの果てに残るただひとつの面のはずだった。それを抑え、新世界の安寧《あんねい》をもたらしたのは、彼らを凌《しの》ぐ存在の力だった。だが、その力をもってしても、三つの面を破壊、もしくは消滅させることは不可能だったのだ」

力の主体は、それを成し得る最良の手段を取った。

三つの面は、その力を最下級のレベルにまで抑えられた上で、三人の男に託され、世界の三つの果てへ放逐されることになった。

それらが一ヵ所に集まらない限りは、世界は滅びから免れる。力の主体は、不遭遇の期間を永遠とした。

「だが面は集《つど》うた。そして、エホバの意思であろうと、世界は滅びの日を迎えたではないか。わしらが生き延びたのは僥倖《ぎょうこう》にすぎぬ。そして、わしはまた面をおまえたちに託す。だが、面は再びおまえたちを操《あやつ》り、一堂に会させようとするだろう。何とか耐えるのだ。そして、次の者に使命を伝えよ。歳月を経るにつれて、使命感は弱まる。おまえたちのこころ映《ば》えに戻ることはない。いつか、三つの面は、その持ち主たちとともに集うやもしれぬ。それはよしとせねばならぬ。それまで持ちこたえるのだ。死に物狂いでな。そうすれば、面自体が変わるかもしれぬ」

三人の男たちは、またも乳白の世界で互いの顔を見ようと焦った。

「持っていけ」

霧の中で三つの面が放られ、三本の手がそれを受け止めた。

「面の力はそれぞれ異なる。それを浴びたおまえたちとその後継者がどうなるか、誰にもわからん。わしにできるのは、三つの面の出会いが永劫《えいごう》に訪れないよう祈るだけだ」

霧が濃さを増した。

三人がいつ去ったのか、ノアにはわからなかった。最初から白い霧しか見えていなかったような気がした。

さらに三五〇年を長らえ、九五〇歳で死ぬノアは、白い世界を見つめていたことだけが、彼の成し遂げた全てであるという思いから、ついに抜けられなかった。

水のざわめきが退いていくのを沙奈は感じた。

ふゆはるは語り終えたのだ。

「四つ目の仮面」

沙奈は自分のつぶやきを聞いた。

「これが三つの面を破れば、世界は怨念から解放されるのですね」

「それは無理だ」

颪刃のようなひとことであった。

「え?」

「よくてどちらかと相討ち。二対一ではまず勝ち目はない。お父上とあなたの生命を吸い尽くした結果は、可能性の問題でしかないのだ」

それは途方もなく虚《むな》しい作業だった。沙奈が眼を閉じた。そのまま板の間へ吸い込まれていきそうな気がした。

眼を閉じて訊いた。

「最後にあなたが残ったとして、この世界をどうなさるおつもりなのでしょう？」

「わかりません」

「は？」

「面が語らない。今までは穏便《おんびん》に日を送ってきたが、あと二つが来てからの感じでは、私の分も戦いが好きらしい」

「そんな。それでは、私は世界の崩壊の片棒を担《かつ》ぐことになります」

「かもな。違うとは言えない」

もう一度、沙奈は眼を閉じた。

「あってはならないことを致します。この面を打つことはお断わりいたします」

ふゆはるはうなずいた。

「やむを得ない。だが、あなたの決断が世界の破滅に加担する場合もあり得る」

ふゆはるは立ち上がった。

「これまでの報酬はお支払いする。請求書を送ってくれ」

返事を待たずに彼は扉に近づき、そっと開いて出ていった。

沙奈の肩が震えたのは、扉が閉じてからだった。

閉じた瞼の端から涙が伝わった。

ようやく、感情が作動しはじめたのである。別離の悲しみが。


「——まいったなあ」

近くの喫茶店へ入ってまず、神西が尋ねたのは、最近の店長の様子と、いつもと異なる出来事であった。

麻呂亜の驚きは自分に関してのものである。刑事の質問に、淀《よど》みなく答える。昔の不良仲間に知られたら、大挙して裏切り者抹殺に押しかけるだろう。

店長が自分に腕試しを要求し、ナイフで心臓を貫《つらぬ》いたはずが、三ミリずれていると言われた。その原因は、店長が店のセクシー姉妹の姉の胃からつまみ出したカードらしきものにあるらしい。その余波なのか、店の花は全滅し、店長は一週間休業、全員にメフィスト病院での治療を命じた。

「ふむ、分子レベルのねえ」

唇をへの字に曲げながら、うなずく刑事は、休業中なのになぜ、店に来たのかねと尋ね、東西線〈早稲田駅〉前の電柱にもたれかかっていた真紅《しんく》のワンピースに血まみれのハンカチの女と、〈おとめ山公園〉で遭遇した仮面の外人の一件を聞くと、ふむふむとうなずいた。その興味のなさ加減に、麻呂亜は拍子抜けしてしまった。

演技なら、ベテラン刑事のものでもたちまち見抜く自信がある。この刑事の場合は天然としか思えない。問われるままにペラペラしゃべる自分も、よく考えればおかしいし、これが伝説の最強刑事なのか、その手に乗ってたまるかと気を取り直しても、いつの間にか全て答えているのであった。

後悔でも怒りでも諦《あきら》めでもない、何とも奇態な感情でいっぱいになり、ぼんやりしていると、無愛想に肩を叩かれ、

「いや、ありがとう。協力を感謝する。ここはおれが払うよ」

当たり前だってーの、と思ったが、それでも憎む気にはならず、さっさと立ち上がる〝伝説〟を見送ってしまった。

まさか戻ってくるとは思わなかった。

「忘れてた」

と〈新宿〉史上最強の刑事は少し照れ臭そうに言った。

「君、あれだ。店長と連絡は取れんかね？」

「さあ。おれたちも店に電話するしかないんで」

「携帯はどうかね？」

「店長はおれたちの知ってるんですがね、向こうから一方的にかかってくるばかりで」

「わかった。ありがとう」

最後の表情もつまらなそうであった。麻呂亜は頭

を抱えて自分の存在意義を問いはじめた。

喫茶店を出ると、街路は闇に閉ざされていた。収穫はあった。神西は大きく伸びをした。身体は少しも楽にならなかった。胃のあたりに鉛が溜まっている。

「氷漬けにしといてくれりゃあよかったのによ」

彼は上衣の内ポケットからハンカチを取り出して額《ひたい》と頰《ほお》を拭《ふ》いた。

夜だというのに、昼間充分に陽光熱を吸った街路は、お返しだとばかりに内側に溜まった熱を吐き出し、湿気と手を組んで、通行人を汗にまみれさせる。

だが、〈新宿〉最高の刑事の皮膚が噴《ふ》き出す汗は、まったく別の種類のものであった。

「おっかねえ」

と彼は続けた。

「何もかも嫌《や》になって眠りに就《つ》いたのに、無理矢理起こされ、手がけた事件がこれだ。これも運命か」

彼は、しかし、小さく身を震わせただけで、もと来た方角――「AWSフラワー」の方へと歩きだした。恐怖の汗を全身にしたたらせながら。

待っていたのは、閉じられたシャッターであった。

灰色の表面を怨《うら》めしそうに見つめて、

「当分、休業か」

こうつぶやいて、神西は携帯を取り出した。冷凍処置を受ける前の品である。ひどく厚い。通りかかった一六、七の少年が露骨に莫迦《ばか》にしたような笑顔を見せた。

倉庫の扉を叩こうと拳を上げて、水菜は動きを止めた。

向こうから開いたのだ。

立ちすくむ眼前に、長身のメギルが現われた。肩から提《さ》げたドラム・バッグが闇に溶けている。

仮面はつけたままである。水菜を見下ろす眼は、赤いが優しかった。

「あの……晩ごはんを届けに来ました」

左手に提げた籐《とう》のバスケットには、ハムサンドにサラダ、コーヒーポットが納まっている。

「ありがとう」

メギルは達者な日本語で礼を言い、

「だが、外で済ませてくる」

と言った。

「でも——」

水菜も〈新宿〉の〈区民〉だ。この男《ひと》は訳ありとわかっている。今は気配もないが、麻呂亜とやって来たときは血まみれだったのだ。外出先でそんな目に遭《あ》わせた連中と再会したら、只《ただ》ではすまないだろう。

「ご安心。充分に気をつける」

メギルの声も明るい。だが、水菜はきっぱりと首を振った。

「いけません。あなたを外へ出したら、私が叱《しか》られます」

仮面の下の眼が、懐《なつ》かしげに細まった。麻呂亜のことを思い出したのだ。

「立派な男になる」

「え？」

メギルは首を振って、

「文化の違いだ。おれはここで食事はできない」

水菜は慌《あわ》てて言った。

「ごめんなさい。ここが駄目なら、家のほうで私と」

面の下でメギルが笑うのがわかった。

「ありがとう。感謝するよ。だが、そうじゃない。話してても理解してはもらえないだろう。必ず一時間で戻る」

穏《おだ》やかな物言いに鉄の意志が感じられた。

「わかりました。あの、気をつけて」

頭をひとつ下げて、メギルは歩きだした。

通りへ出たとき、ドラム・バッグが、

「ナゼ、アノ娘ヲ食ワセンノダ？　オレハ飢エテイルゾ」

「あの娘に手を出してみろ。食われるのはおまえだ」

「……ナラ、早ク代ワリヲ寄越《ヨコ》セ。オレハ自分ヲ抑エラレン」

「少し待て」

メギルは〈高田馬場《たかだのばば》〉方向へと走ってきたタクシーに手を上げた。

3

タクシーのモニターには〈新宿TV〉の画面が映《うつ》っていた。

「着きましたよ」

と運転手がせかした。相手は降りようとせず、モニターに見入っている。

「少し待て」

一方的な言い方に腹が立った。

「早くしてくださいよ。ここ駐車禁止なんですぜ。ほら、もうクラクション鳴らされてらあ」

その鼻先へ折り畳んだ札が突き出された。素早く眼で調べた。万札だ。

「早くしてくださいよ」

受け取って前を向いた。何のニュースだと耳をそばだてた瞬間、〈高田馬場〉在住の女魔道士トンブ・ヌーレンブルクさん（自称二〇歳）が、サツマイモの大食い競争に出場、三〇分で一トンを平らげ圧倒的な勝利を得ましたが、腹痛で病院へ担ぎ込まれました。隣人は、いつかやらかすと思っていた、と語っています――こう変わって、客は勝手に降りていた。通常、後部ドアは運転席から操作しなくては開かない。

――そんな野郎もいるさ
薄気味悪さをこう納得させて、運転手は〈職安通り〉の方へ車をスタートさせた。

折り畳んだ万札が、その辺のキッズ専門店で売っている偽札だと知ったのは、会社へ戻ってからである。

店へ入って三〇分ほどすると、神西と英がやって来た。

「どういうつもりだ？」

とふゆはるは椅子《いす》も勧めず訊いた。

神西は勝手にソファへ掛けて、

「見たのかね？」

「ああ。さっき、タクシーのモニターでな。おれの女房は、亭主の不倫が原因で逃げ出したりしない。いないいんだからな。だから、おれも帰ってきてくれと、TV局に訴えたりしない」

「しかし、TV局へ抗議してくれて助かった。すぐにこっちへ廻《まわ》る手筈《てはず》になっていたからね」

神西はにんまりして、

「そういうクレームをつけるタイプじゃないと思ったが、これは人を見損《みそこ》なった。まだ寝惚《ねぼ》けているらしい」

「何の用だ？」

ふゆはるは無愛想この上ない。

「そう気にするな。君を知っている連中なら悪い冗談だとわかる。笑い飛ばしてお終《しま》いさ」

そのとき、ふゆはるは胸ポケットから携帯を取り出して耳に当てた。

しばらく黙って聞き、

「二度と掛けるな」

機械みたいな口調で告げて、ポケットへ戻した。

「従兄弟《いとこ》からだ。結婚おめでとうと言われた」

「…………」

「笑い飛ばされた。嬉しいか？」

〈西新宿〉の人捜《さが》し屋と〈歌舞伎町〉の花屋の主人《あるじ》との不仲は、妖魔も知るところだ。

「メフィスト病院で、院長の蔵書を読ませてもらった。アララト山頂の契約、大体のところは理解できた」

　神西は身を乗り出し、英は不気味この上ない存在を見るような眼つきになっていた。血の気もまるでない。神西から事情を聞かされたらしい。

「三つの面のうち二つはわかった。もうひとつはどこだ？　おれの勘では、この件で、ただひとり、顔を見せたことのない女──『真田直売』の女房なんだが、お宅の坊やが見たときは素っぴんだったそうだ」

「おれに子供はいない」

　わかってはいるが、ふゆはるはまだ根に持っている。

「いや、店員だ。可愛《かわい》い子だな。さぞや女性客が増えただろう」

　神西の対応にも抜かりはない。

「彼が誰の顔を見たって？」

「〈早稲田駅〉前で負傷していた赤いドレスの女だ。送り届けた先が〈矢来町〉で、家の表札は『真田』とあった。まず間違いなく、『真田直売』社長・正之の女房──マキ」

　今度はふゆはるが沈黙した。

「おれもよく知らんが、化物じみた女だそうだ。それに手傷を負わせられるのは、もっと化物じみた相手に決まっている」

　神西は、じろ、と凄い視線を浴びせて、

「まあ、素っぴんでも仮面を被《かぶ》らないとは言えないから、可能性はまだ残る。しかし、ここは違うと仮定しよう。なあ、どこにあるんだ？」

「知らん」

　ふゆはるはにべもなく応じ、

「うちの店員に何を訊いた？」

「うむ」

　神西はうなずき、洗いざらいしゃべった。電話一本で知れることだ。

　仮面の外国人を麻呂亜の恋人の家へ連れていったというところで、神西は口をつぐんだ。

凄まじい鬼気が吹きつけてきたのだ。遠ざかる意識を、彼は必死で引き戻した。

「もう警官を遣《や》ったか？」

ふゆはるの白い顔が、神西にはよく見えなかった。首から上だけが、背景もろとも闇に溶けている。

「ああ。五人ばかりな」

「五人？」

「メフィスト図書館での読書の賜物《たまもの》よ。通常の〈機動警察《コマンド・ポリス》〉を一〇〇〇人送り込んだって、返り討ちになるだけだ。本署の特務機関員の腕利《き》き五人を選抜した。全員、細胞再生処理を受けている」

「確かに寝惚けているな」

「え？」

「伝説は錆《さ》びついたか――五人分の生命が失《な》くなるだけだぞ」

メギルは一時間で戻った。


倉庫の前で彼は足を止め、面の位置を確かめるように顎《あご》に手を掛けて動かした。

仮面の下の凄まじい表情を修正したのである。

ドラム・バッグが笑い声を立てた。

「品行方正ノ外人ニ早変ワリカ。オレノ胃ノ腑《フ》ニ収マッタ通行人ドモモ、最初ハソウ思ッタニチガイナイ」

「黙れ。八つ裂きにするぞ」

「オオ、ソレハ敵《カナ》ワン。火モ水モ放射線モ恐ルルニ足ランガ、持チ主ノ手ニダケハ勝テン。ダガナ、サッキノ四人、選ンダノハオマエダゾ」

「言うな」

メギルは上体を信じられぬほど滑《なめ》らかに動かした。バッグは倉庫の壁に叩きつけられた。

苦鳴が上がった。

メギルはもう一発食らわせてから、気にもせず、扉を開けた。

――いないでくれ

祈るような気分だった。夕食を持ってきた娘の顔が胸の中に揺れていた。

倉庫といっても広くはない。

細長い三〇坪ほどのプレハブで、二メートルほどの高みに窓が二つある。壁を埋めた段ボールのイラストは、花の種であった。

水菜は奥に折り畳み式のスチール・ベッドを入れてくれた。

メギルの眼がその上に置かれた品に落ちた。

さっきの夕食だった。

メギルはまだ食事をしていなかった。

そのぼんのくぼと頸動脈《けいどうみやく》に射《う》ち込まれた麻酔弾は、十分の一秒で体内に吸収された。

窓ガラスを破る音はその後で聞こえた。

さらに二発が眉間《みけん》と喉《のど》に命中し、暴君竜《ティラノサウルス》さえ瞬時に眠らせる濃度の薬液を体内へ送り込んだ。

天井に仕掛けたビデオ・アイで目標が倒れるのを確認し、奥沢《おくさわ》特務刑事はマイクを取り上げた。

「的《まと》は仕留めた。五分以内に運び出す」

妖物運搬用のトレーラーを倉庫前につけたとき、残る四人が個人用戦闘車輌《ICV》で駆けつけた。

磁気走行で時速二二〇キロを弾《はじ》き出す座席と一輪だけの乗り物は、通常ドライバーの背に負われ、同じ原理で空中にも浮き上がる。

同僚が手にした狙撃《そげき》銃で、一キロの後方《かなた》から狙ったのは、むろん、メギルの実力を知る神西の指示である。

窓の高さと狙撃箇所から割り出された狙撃位置を知らされ、

「それじゃ、成層圏射撃だぜ」

と刑事たちは笑った。

そして、それを成功させ、いま目標の運搬のために、狙撃銃から散弾銃《ショットガン》とレーザー・ガンに替えて、倉庫に侵入したのであった。

母屋《おもや》から水菜が現われた。万が一にもメギルに知らされる可能性を考え、事前に連絡は取っていない。

　奥沢がＩＤカードを示して、殺人容疑だと告げた。水菜は呆然《ぼうぜん》と立ちすくんだ。

　彼女を残して、特務刑事たちは倉庫内に入った。床の上にメギルが俯《うつぶ》せに倒れていた。左手にはドラム・バッグを握っている。

　四つの銃口が全身に集中する中を、奥沢はメギルに歩み寄って脈を取った。

「弱い。車内で強心剤を射つぞ。運び出せ」

　二人が駆け寄った。残りは武器をポイントしたままだ。

　奥沢は仮面を剥がしたい欲望と戦っていた。指一本触れるなとは、署長からの指示である。もとは神西だ――伝説の刑事がナンボのもんだ。

　強烈な反発が湧いたが、彼は驚くべき精神力でそれを抑えていた。その辺は〈新宿警察〉の腕利きである。

　メギルが持ち上がった。

　途中で止まった。

　足を持った同僚が叫んだのだ。

「面に模様が表われた。注意！」

　彼は仮面の表面に浮き出た二つのそれを見たのである。

　盾《たて》と――刃《やいば》と、

「防禦《ぼうぎょ》と攻撃だ。下ろす！」

　先に足が、遅れて上体が落ちた。奥沢は後退しつつ右手をメギルへと伸ばした。

　前腕に装着したレーザー・ガンが持ち上がり、エネルギー充塡《じゅうてん》完了のライトを点《とも》す。

　その両足首が強靭《きょうじん》な力で締めつけられるや、彼は仰向《あおむ》けに倒れた。起き上がろうとする間もなく、引っ張られていく――ドラム・バッグの方へ。

　彼は恐れなかった。〈新宿〉の刑事は人外の恐怖も克服すべき心理処置を受けている。

　足首を見た。巻きついているのは、人間の五指であった。たくましい右腕は、ドラム・バッグの口に吸い込まれていた。

奥沢は肘《ひじ》を狙った。

真紅《しんく》の光条が横薙《な》ぎに肘を断ち切った。

腕はびくともしなかった。

細胞再生とは考えられない速度の復活——いや、命中しなかったとしか見えない。

散弾銃が吠えた。

バッグが震えた。

弾痕《だんこん》は残らない。

膝《ひざ》までバッグに吸い込まれても、奥沢は慌《あわ》てなかった。脱出への使命感が彼を動かした。

胸まで呑み込まれたとき、同僚のひとりが手を伸ばして、

「摑まれ!」

と叫んだ。

「駄目だ。おまえもやられる!」

次の瞬間、奥沢は頭まで呑み込まれた。

咄嗟《とっさ》に射つこともできず、棒立ちになった刑事たちは、視界の外で立ち上がった影に気づかなかった。

メギルはレーザー・ライフルを肩射ちした刑事に近づき、その首すじへ手刀を叩きつけた。

首は飛んだ。血の噴水が高々と上がって、刑事たちに新たな敵の存在を気づかせた。

「なぜ、来た?」

向けられた銃口を前に、メギルは怒りを込めて訊いた。

「秋ふゆはるの命令か? いや、あいつなら、無駄死には許さん。誰に指示された?」

「〈歌舞伎町〉での警官殺害容疑で連行する」

と散弾銃の刑事が宣告した。彼はいつの間にか、メギルの手が長いバッグを提げているのに気づいている。

「捨てろ!」

と叫んだ。

「ほれ」

メギルは前へ放った。

刑事の足下へ落ちる前に、バッグの口から二本の腕が突き出して、その首に巻きついた。

彼には奥沢ほどの時間は必要なかった。

絶妙な一本背負いを食らったかのような形で、刑事はバッグの口に呑み込まれた。その彼を銀色の円筒が追った。

閉じかけた口から、凄まじい炎が上がった。同僚がいるのを承知の上で投じられた焼却弾であった。

口が閉じた。

断ち切られた炎がバッグに降りかかり、そこから滑って床に落ちた。

雷鳴と無音の光条が仮面に集中した。

残る二人には元凶がわかっていた。

仮面が無傷と看破《かんぱ》すると同時に、攻撃はメギルの身体に集中した。

服が炎を上げ、散弾の衝撃で、彼は吹っ飛び、無様《ぶざま》に崩れ落ちた。

「焼却弾」

二個躍《おど》った。

炎がメギルとバッグを包んだとき、二人は扉まで後退していた。

第六章　女怪

1

焦燥《しょうそう》が水菜を責めたてていた。刑事たちは家を出て一キロは離れろと命じたが、すんなりと受け入れられるはずもなかった。

ただの外人でないのはわかっていたし、警察に追われていても、〈新宿〉ではよくあることだ。よく花を買いに来るお客のひとりが、指名手配の殺人鬼だったこともある。

今回は桁《けた》が違う——最初からそんな予感があった。

刑事たちの様子も緊張しきっているし、離れろと言われた距離も距離だ。

いつもとは違う、自分の運命に関わる大事が、黒い袋を水菜の頭から被《かぶ》せた。

水菜は自宅の居間で必死に考えをまとめようとした。運命を感じさせるような事態には、必ず取っかかりがあるはずだ。知らないうちにすべてが始まったにせよ、これだ、と思わせるもの。ここだと思わせる何かが。

意外と簡単にぶつかった。

メフィスト病院ででくわしたやくざどもと、救ってくれたあの女性《ひと》——神祇沙奈。それから、いきなり現われ、やくざを始末した、面を見せてくれと言いだした真っ赤なワンピースの女性《ひと》。

「お面だわ」

と水菜は小さく、石の確信を込めて言った。

仮面——二人の女の顔と姿が明滅し、水菜のある感情を刺激しはじめた。

誰かに言いたい。言っておきたい。言わなくちゃならない。どうしてかはわからないけど。

一〇分後、水菜は外へ出た。どうしても、刑事たちとメギルの結末を見届けたかったのである。

裏口から出た途端、銃声が聞こえた。闇が震えている。なぜだか、反射的に腕時計を覗《のぞ》いた。

午後八時三五分。夏の闇は薄いが世界中に落ちている。

陽よけ《シェード》を下ろした窓が赤くかがやいているのが見えた。燃えている。

水菜は倉庫へと走った。花の種が置いてある。

扉の前で足を止めた。

ノブに手を伸ばす。

向こうから開いた。


麻呂亜がジェット・チャリを止めたとき、「久米造花」の周囲は消防隊と警官に囲まれていた。

野次馬を捕まえて訊《き》くと、倉庫から火が出たらしい。家は無事だった。

進もうとするのを警官に止められ、ここの従業員だとまくしたてているところへ、ふゆはると神西が通りかかった。すでに、駆けつけていたのである。

水菜の安否を尋ねると、神西が笑顔になって、

「無事だよ」

と言った。

信じるな、と思いつつも少年は安堵《あんど》した。

「ただ精神的ダメージが大きくてな、メフィスト病院へ搬送した」

「どうしたんだ?」

ふゆはるがこう告げなかったら、麻呂亜は刑事に摑みかかっていただろう。

「発狂した」

安堵が咳《せ》き込ませた。一〇回ばかり身を震わせてから、よかった、と言った。狂気の治療なら、メフィスト病院の精神科が最も得意とするところだ。

次の質問――何があったんです? をする前に、神西が、

「どうしてここへ?」

と訊いた。

なぜか答える気にならなかった。理由もなく、この刑事のせいだという気がした。

「——何となくです」

それ以上問い詰めずに、神西はあっさりとうなずき、

「もう火は消えた。我々も病院へ行く。乗っていくかね？」

「いえ、先に行きます。会えるよう連絡しといてください」

「わかった」

うなずく神西の横で、

「一緒に来い」

とふゆはるが誘った。背中のワン・タイヤ・ビークルの金属部が月光にかがやいた。


担当医には麻呂亜ひとりが会った。

戻ってきた様子を見て、ふゆはるは、

「凶と出たか」

麻呂亜は拳《こぶし》を思いきり振った。

「普通の発狂とは根本的に違う狂い方だってよ。精神の問題じゃねえ。それなら五分で治せるけど、水菜は——魂まで狂っちまってるそうだ」

ふゆはるの顎《あご》が鈍い音を立てた。麻呂亜の拳《パンチ》が命中したのである。

「その面だ」

左拳の一撃が、ふゆはるの顔を震わせた。

「その面が、水菜をあんな風にしちまったんだ。魂が狂ったら、もう人間じゃねえ。そうだろ？　誰が治してくれるんだ？　あんた？　あの外人か？　その面かよお？」

麻呂亜は殴りつづけた。そのたびにふゆはるは少し揺れ、しかし、一歩も下がらずに立ち尽くしていた。


風を切る音が不意に変わった。

音が光ったのだ。

シャツごと切り裂かれたふゆはるの胸は、みるみる真紅《しんく》の十文字を浮上させた。

右手のバタフライ・ナイフを攻撃の形に構えたま

ま、麻呂亜は激しく肩を震わせ、しゃくり上げた。

「気が済んだか？」

とふゆはるは、この若者には珍しく優しい声で訊いた。

「済みやしねえよ。けど、もう何もしねえ」

麻呂亜は空中に銀色のすじを引いた。見るものがいれば、それはさぞや美しい光の文様に映《うつ》ったことだろう。

「見ろよ、あんたの胸——もう傷ひとつねえ。シャツの十字架だけさ。それに悔むか？　神の赦《ゆる》しを乞《こ》うかよ？　あんたはいつも桁《けた》外れだ。おれたちとは根本的に出来が違う。おれたちの愛だの恋だの哀しみだのとは、縁がねえ男なのさ。そうだろ、秋ふゆはる？　けど、あんたが知らねえ夏を、おれらは知ってるぜ」

「そのとおりだ。我ついに及ばず」

ふゆはるは右手を面の眉間《みけん》に当てた。

浮き出た模様が淡雪のように消えていく。それは盾《たて》の形をしていた。

「あばよ！」

麻呂亜は不意に背を向け、走りだした。どこかで思いきり泣くつもりだった。

入れ代わりに白い影が入ってきた。

「ドクター・メフィスト」

と秋ふゆはるは、夏のさなかに吹く冷風《ひやかぜ》のごとくその名前を呼んだ。


携帯が鳴った。

耳に当てるや、

「矢潮だ」

怒りを抑えた名乗りが鼓膜に突き刺さった。

「依頼した件には、まだ手がついてないようだが、そろそろ頼む。こっちが危《やば》くなってきた」

「反撃か？」

「そうだ。うちの専務が消えた。たぶん、真田の女房の仕業《しわざ》だろう。専務はおれの行動を把握している。みな白紙に戻しゃいいんだが、どうしても顔を出さなきゃならねえ催しもあるんでな」

と答えた。

「わかった」

「具体的な日時を教えてくれ」

「明後日の午後六時――〈歌舞伎町〉の『クラブ・セイント』で、親父《おやじ》――おれの前のボスの全快パーティーがある。その前に始末をつけてくれ」

「わかった」

「本気《まじ》で頼むぜ。五〇億はずもうってんだ」

「わかった」

「まかせとけ、って言ってくれよ」

「まかせておけ」

「ほっとした。頼んだぜ」

メギルは、〈余丁町《よちようまち》〉にある廃墟《はいきよ》の一室で、長い溜息《ためいき》をついた。

「やはり、行かなくちゃならんかな」

このひとことは、溜息より倍も長く、百倍も憂鬱《ゆううつ》そうであった。

広い邸内を、低い女の呻《うめ》き声が絶え間なく渡っていった。昨日の日暮れどきに戻ってからずっとである。

長い長い梅雨《つゆ》に浸《ひた》りきっているような湿った陰鬱《いんうつ》さが家の隅々まで広がり、主人はおろか、使用人すべてを暗くした。

もう一〇年も勤めているコックの佐田《さた》も、

「変わった奥さんだが、こんなこたぁ初めてさ」

と、手伝いの三《み》ッ森《もり》真由美《まゆみ》と相原妙《あいはらたえ》、家政婦の橋《はし》遼子《りようこ》に漏《も》らした。

手伝いの二人はまだ二年にもならないが、遼子は佐田より一年早く勤めだしたベテランで、今年六〇歳になる。

「医者に診《み》せたほうがいいんじゃないの？」

と相原妙が薄気味悪そうに、奥を眺めた。使用人の中でいちばん若い二三歳は、〈区外〉から来てまだ五年。〈新宿〉の恐怖に慣れたとは言えない。

佐田は首を横に振った。

「何回かこんなことはあった。けど、こんな声を出したのは初めてだ。よほど酷《ひど》い目に遭《あ》ったんだぜ」

「あたし、辞《や》めようかな」

と、手伝いのもう片方――三ツ森真由美・二七歳が自分に言い聞かせるように言った。

「それはよく考えたほうがいいわよ」

相原妙の口調は思わせぶりである。気が弱いのをいいことに、年上の真由美を見下していた。

「そんなに勤めたわけじゃないけど、ここくらいお給料のいい家は、ちょっと見当たらないわ。少し気味は悪いけど、仕事はそこそこ。特にきついわけじゃないし」

「そうだよ」

橋遼子も同意した。

「あたしは一一年になるけど、ほれ、生命に別状はないし、身体だって元のまんまさ。たまにはそんなこともある――っていうのか、それまでなかったのがおかしいんだ。ここを我慢すれば、特別ボーナスが出るよ。あの夫婦、気前だけはいいからね」

「本当に⁉」

相原妙は小躍《こおど》りし、三ツ森真由美は悲惨な表情で、それでも何も言わなくなった。

現に夫の正之が、医者を呼べとも言わず、放ったらかしなのである。しかも今朝、妻の呻き声に送られて会社に行ってしまった。

それから全員が厨房《ちゆうぼう》であれこれ言い合っているうちに、一時間ほどして、三ツ森真由美が、

「あれ――熄《や》んだわよ」

と眉《まゆ》を寄せた。突然、別世界が出現したような沈黙が、邸宅を包んだ。

2

マキの呻きを止めたのは、仮面の男であった。

「あら、どこから来たのよ？」

枕元に立つ長身の影へ、掛け布団の内側《なか》の声が絡《から》みついた。不思議と敵意はなかった。

「裏口からだ」

「わざわざ、こそ泥みたいな真似しなくたって、正面玄関から乗り込んできても、誰にも止められないわよ」

そうは言ったものの、相手の台詞《せりふ》など、信用もしていない応答であった。もっとも当人が、この恰好《かっこう》で神出鬼没なのだから、何をか言わんやだ。

「で――暗殺？」

じゃらん、と鉄が鳴った。掛け布団は二〇畳ほどの個室の真ん中に広がっている。その後ろ――北向きの端から、数十条の鎖《くさり》がバラバラに、或《あ》いは絡み合って、部屋の隅まで硬い蛇群のようにのたうっているのであった。

「取り外し自由か」

と侵入者は訊いた。さして興味もなさそうだ。

〈亀裂〉での遭遇や、神祇邸の仕事場での戦いを思い出したのであろう。侵入者は秋ふゆはるであった。

「今は駄目よ。これを外せるのは亭主だけ。そういう契約なの。ね、まさか、身動きの取れない女を殺そうとはしないわよね？」

ふゆはるは蛇行《だこう》する鉄鎖に眼をやり、

「どういう契約だ？」

と訊いた。案外、興味を引かれたのかもしれない。

「亭主以外には抱かれない。そのために、必要なとき以外は鎖につなぎ、鍵《かぎ》は亭主が持つことにする」

布団の中の声は淡々と告げた。ふゆはるがどう感じているかはともかく、ユーモラスな眺めではあった。

「不倫止め、か。なるほどな」

鎖は一〇〇キロを超す。

「余程《よほど》の淫乱らしいな。亭主がよく見染めたものだ」

「実力よ」

布団の中の声は、ひそかに笑った。呻き声とは別人のようだ。

「——では、その実力を発揮してもらおうか」

ふゆはるが右手をひと振りすると、手品のように蒼《あお》い薔薇《ばら》が生じた。わずか一輪だが、その奇怪な威力は、夜も昼も呻き声を立てていた女の知るところだった。

「卑怯者《ひきょうもの》。苦しんでいる女を殺《や》るつもりかい？」

「場合によってはな」

ふゆはるの右手が鋭い弧《こ》を描いた。蒼い薔薇は布団の中央に活《い》けられた。

それでもふゆはるの花の力は伝わるのか、マキは短く、ひィと放った。

「嘘をつくな」

ふゆはるは容赦《ようしゃ》なく指摘した。

「アララトで仮面を託された男のひとりが、ノアの方舟《はこぶね》から持ち出した花の種だが、布団の上からおまえをどうこうする力はない」

「あら、バレた？」

女の声は照れ臭そうに笑った。それでも苦鳴のかけらがまつわりついているのは、どうしようもない。

「でも、鳩尾《みぞおち》に食らった薔薇は効《き》いたわよ。まだ痛みが退《ひ》かないわ」

「二度とそんな目に遭わないようにしに来た。おれと手を組め」

「え？」

声以外の万物が消滅したかのような驚きの声であった。

「何ですって？」

「おれと手を組め。そして、メギルを片づける」

少し間を置いてから、

「——あんた、意外と悪党ね」

ふゆはるの眼が笑った。この女には言われたくあるまい。

「戦略家と言え」

「――何でもいいわ。ＯＫよ」

呆《あき》れるほど気楽に応じた。ふゆはるにも訝《いぶか》しむ気配はない。

「ただし、同盟はメギルを斃《たお》した時点で切れる」

こうつけ加えたのも、

「もちろんよ。最後に残るのは、どっちかしら」

と答えたのも、誰の耳にもごく普通の会話であった。

「――で、腹案はあるの？　あなたのことだから、練《ね》りに練ってからやって来たんでしょうね」

「ある」

と答えてから、約二〇分、豪華な和室で話し合いが行なわれた。

「イケそうね」

とマキの声は言った。

「では、明日。なんか、血がたぎってきたわ」

「では、な」

音もなくふゆはるは窓の方へ移動した。

窓の開閉音もなく、その気配が絶えると、掛け布団は、

「あっちもこっちも同じ穴の狢《むじな》か」

と疲れたようにつぶやいて、

「最後に残るのは？――もちろん、あたし」

と笑った。

「矢潮会」会長・矢潮透は憤怒《ふんぬ》の只中《ただなか》に身を置いていた。

血管を巡る血という血が煮えくり返り、三重の管を破って体内を暴走、爆発しかねない。

彼は真田の家から一時間ばかり前に、ある連絡を受けたのである。

声の主は、マキの寝室へメギルと名乗る男が現われ、秋ふゆはるを斃すための同盟を結んだ、と告げた。

それはともかく、矢潮を怒らせたのはメギルが真田の妻と通じているという事実だった。

こんな裏切り者のために、自分は五〇億も出して真田夫婦の抹殺を依頼したのか⁉ まるで世界中から嘲笑されてもおかしくない茶番ではないか。いや、矢潮の耳には、あらゆる関係者の嘲笑が聞こえた。

ここでメギルを殺せとなれば、当然だがその辺のやくざだ、で終わりである。煮えくり返る胸中を何とか抑えて、彼は別の——その激怒をプラス——儲《もう》けに転じる方向を模索した。

自分でも驚くほど早く見つかった。

彼はベッドサイドの電話を取り上げ、

「〈歌舞伎町〉の『AWSフラワー』へつないでくれ」

と申し込んだ。

留守電が出た。

「くたばれ」

と吐き捨てて切ったとき、折り返し、電話が鳴った。

耳に当てるや、

「あたし、瑠美《るみ》」

いちばん贔屓《ひいき》にしている〈三丁目〉のクラブのママからであった。

声をひそめている。

「なんでえ、どうした？」

「青田《あおた》って、結婚詐欺《さぎ》師、覚えてる？」

「おお。おめえの前の彼氏か」

「そ。そいつが、また来たのよ、ヨリを戻そうって」

「なにィ？」

矢潮はまた爆発しそうになった。

「チンピラが舐《な》めくさりやがって。で、どうした？」

「断わったわよ、もちろん。そしたら、変な薬《ドラッグ》射《う》たれちゃって」

「薬だぁ？」

「そ。淫乱剤」

「い、いんらん？」

「ごめんなさい。あいつと寝ちゃったわ」

「て、てめえ、この売女《ばいた》。淫売が」

「だから、助けに来て。もう一〇回以上頑張ったくせに、あいつ、まだしようとしてるの。ね、いいの？」

「いいわけねえだろ、莫迦《ばか》。こんな電話掛けてる間に逃げ出せ」

「駄目なの。もうフラフラで。あいつ、久しぶりなんで凄かったの。全部、あたしのお尻から、あ、来たわ」

「おい⁉」

反射的に声を低めた。電話は切れはしなかった。

男の声が何かしゃべっている。矢潮は耳を澄ませた。女の声が激しく叫び返した。瑠美だ。気の強い女だから、抱かれても負けてはいないのだ。


「あーっ」

怒りの叫びが、別のものに変わった。

「おい⁉」

小さく呼んだが、応答はない。

瑠美の声は、もっとも聞きたくないものに変わった。

「あっ、あっ、あっ」

間歇《かんけつ》的な喘《あえ》ぎは、何をされているか容易に想像できた。

「また……お尻から？」

これは、はっきりと聞こえた。

「そうともよ。おめえがヨリを戻すと言うまで、このでけえ、イヤらしい尻から責めつけてやるぜ」

「……あの人に……バレたら……只じゃ、済まないわ……よ」

「へ、あんな時代遅れのオヤジに何ができるってんだ？　おれは逃げ廻《まわ》ってる間に、〈区外〉での最新技術を身につけてきたんだぜ。これもそのひとつだ。ほおら」

　何をされたのか、絶叫がひとつ上がって、

「やめ……て」

　息も絶え絶えの声が哀願した。

「……やめて……死んじゃ……う」

「どうだ、凄《すげ》えだろ。さ、おれの女に戻るまで、休みなく責めつづけてやらあ。まず、あんたのほうがいいって言ってみろ」

　矢潮の全身が震えた。心臓麻痺《まひ》か脳溢血《いっけつ》でも起こさなかったのが不思議である。

　あろうことか、すぐに、

「あ……ああ……あんたのほうが……いい」

　声もなく、悪鬼に似た表情で、矢潮は立ち上がった。

〈三丁目〉にある瑠美のマンションに駆けつけたとき、ようやく、部下を呼ぼうかという気になったが、怒りがそれを止めた。胸のあたりがくすぐったかったが、それも無視した。

　マンションの前でタクシーを降りると、彼は来る前に〈歌舞伎町〉の〝立ちんぼ武器商人〟から買い込んだ〝紙拳銃《ペーパー・ガン》〟の遊底《スライド》を引いて、弾丸を確かめた。

〝立ちんぼ――〟は九ミリと二二口径があると言ったが、四五口径にした。クズ詐欺師の自慢は太くて長くて硬いあれだ。いちばんでかい拳銃弾で、吹き飛ばしてくれる。

〈新宿〉のどんなに狭くて短い路地にもひとりはいると言われる〝立ちんぼ――〟とその商品に彼は感謝した。

　弾丸は同じく紙製の弾倉《マガジン》に七発、薬室《チャンバー》に一発。念のため、予備弾倉《スペア・マガジン》を一個買い込んでおいた。今時の形はコルト・ガヴァメントに似ている。

　ベルトに差し込んで、マンションへ入り、エレベーターに乗った。カード・キイ一枚でフリーパスである。一億でひと部屋購入したのは彼自身だった。

七階の八号室の前まで来た。ドアの向こうから、激しく悶《もだ》える瑠美の声が聞こえるような気がして、矢潮の脳は完全に沸点を越えた。

ドアを押し開ける。三和土《たたき》だ。飛び込んだのは五〇畳もある居間だ。家具だけで二億もかかった。その事実で身が震えた。そんなに金をかけた女を。あの詐欺師め。

寝室まで一時間もかかったような気がした。

ドアに鍵は掛かっていなかった。

ショルダー・アタックの要領でぶつかり、天蓋《てんがい》付きのベッドへ突進するや、上掛けの下の男へ――

四五口径弾は本物だった。上掛けは五発目で火を噴《ふ》いた。拳銃は安物だった。高分子ペーパーの漉《す》き具合が甘かったに違いない。七発目でこっちも火に包まれた。

「あっちっち」

古典的な悲鳴を上げて、それでも復讐《ふくしゅう》を果たした満足に、矢潮は無事な左手で燃える上掛けをめくった。

枕が現われた。

「おれを仕留めたかい？」

笑いをこらえた声が、矢潮を棒立ちにさせた。

――武器はない
まずそう考え、声の主の正体を考えた。ひとりしかいない。

「間男はてめえか、真田？」

「ここには、おれたち二人しかいねえ。他人行儀はよそうや。小学校同級のよしみで、昔風に呼んでくれ。マー坊ってな」

「おめえと同級だったのは、一年生のときだけだ」

矢潮は唇を歪《ゆが》めた。

「どっかの漫画みてえに、二人で組んでゴリラそっくりの番長や、グラマーで鞭《むち》を使うが、頭は空っぽの裏クイーンをぶちのめしたことなんかねえ。傷つき、助け合い、純情可憐《かれん》なヒロインに涙目で送られながら、夕陽の道を肩を並べて歩き去ったこともねえ。おれは番長にへつらい、教師たちの情報を漏らして小遣い銭を稼いでたし、おめえは自分よりチビの下級生にいたぶられてたでくの棒だった。マー坊だなんて呼んだ覚えもねえし、おめえもおれのことを、トオルちゃんなんて呼ぶな」

「わかったよ、こっちを向いてくれ、トオルちゃん」

溜息をつきたくなるのをこらえて、矢潮はふり向いた。

真田は右手に金属バットを握り、何か細長いものを噛《か》んでいた。

「一杯食わせたな」

「おお怖《こ》わ。本当は女房が始末をつける予定だったんだが、花屋に手ごめにされかかって、精神的ダメージを受けた。布団から出られねえ。で、亭主が直々《じきじき》にお邪魔したってわけだ。女房は気が利《き》く性質《たち》でな、おめえの居場所の他に、情婦《おんな》の名前と住所も訊き出しといたってわけよ」

「専務はどうした？」

真田は肩をすくめた。

「おれにゃわからん。女房に訊いてくれ」

「瑠美をどうした？」

「あ」

真田は、しまった、という風に口もとに眼をやり、咥《くわ》えたものを抜いて放った。

濃緑の絨毯《じゅうたん》の上に、落ちたそれをじっと見下ろし、

「専務もか？」

と矢潮は真田を見つめた。無表情が不気味だった。

「とんでもねえ。ここしばらくは手をつけてねえよ。あいつは本当に女房にまかせたんだ」

「瑠美は美味《うま》かったか？」

「そりゃあもう。あれだけのグラマーだ。しかも、シリコンなんかで水増しもしてねえ。ぜーんぶ、みっちり詰まってた。女はああでなくちゃな」

「まったくだ」

矢潮はようやく溜息をつく気になった。祈りも必要かと思ったが、教会へは一度行ったきりだったので、何も浮かんでこなかった。

彼の足下に、ちょこんと置かれているのは、第二関節から食い切られた女の人差し指であった。

3

メギルは廃屋に戻っていた。

マキからの連絡があるまで、外出はしないつもりだった。

五人の刑事を平らげたせいか、バッグも沈黙を守っている。

——長い付き合いだ
と思わざるを得ない。

仮面とともにそれを手に入れたのは、四歳のときだった。彼の国は世界一巨大な国を相手に果敢《かかん》なゲリラ戦を挑んでおり、遅々として進まぬ支配と収奪にいらついた大国は、小さな国土の隅々まで焼き尽くさんばかりの勢いで火を放った。メギルの両親と祖父、三人の兄弟は全員死亡し、彼は孤児となった。

孤児をひとり残らず養う力は祖国になかった。彼はひとりで生き抜く術《すべ》を身につけ、その間に六人の人間を殺した。色々な国の人間がいたが、敵国民はひとりもいなかった。

駅のマーケットで盗みを働いて追いかけられたとき、救ってくれた男が、仮面とドラム・バッグをくれた。

「おまえには生きる意味が永久にわかるまい。そんな奴にこそ、この仮面はふさわしい。わからぬままに、世界を崩壊させろ。人間は、ただ呼吸しながら日々を送るだけの同類の手で滅びへの門を歩むのだ」

ドラム・バッグは重かったが、バランスを崩すことはなかった。だが、仮面を手渡された瞬間、彼は万物が回転するような感覚に捉《とら》われ、どっと横転した。

気がつくと、男はもういなかった。気を失ってから、一週間が過ぎていた。彼は同じ場所にいて、周囲には白い破片が散らばっていた。ドラム・バッグが吐き出した人間の残骸《ざんがい》だというのは、すぐにわかった。

「おまえは、おれが守ってやる」

とバッグは言った。

「その仮面とは水と油くらいも合わんが、その分、あと二つの面を被《かぶ》る奴らよりは力を持てるだろう」

この辺はチンプンカンプンだったが、

「その代償に、おまえはおれに食い扶持《ぶち》を与えろ」

ここはよくわかった。追いかけてきたマーケットの連中が、ドラム・バッグの中へ次々に吸い込まれていくのを、目にしていたからである。

しかし、これほどまでに貪欲《どんよく》とは。

昨夜、刑事を五人、今朝、通行人を二人――彼が手にしてからの犠牲者の数は優に一〇万を超える。そして、この先も、このバッグが滅びぬ限り、増え続けるだろう。

根深い疲労が、メギルの瞼《まぶた》を重くした。

それが閉じ――

開いた。

女の声が聞こえたのである。

それは同じ廃墟の、右方の奥から漂ってきた。

「駄目よ、おやめになって。あなた、私のタイプではありません」

明らかに拒否の言葉なのに、どこか愉《たの》しんでいる風もあるのを、メギルの耳は聞き逃さなかった。

「そう逆らわんと。な、お姐《ねえ》さん、色っぽいお姐さん。おれらはひと目見たときから、あんたとしたくてたまらなくなったんだ。そんな立派なおっぱいとお尻を、どおんと突き出して、お昼をご一緒にと言われりゃ、誰だっておれらみたいになるって」

「いやン。キスなさらないで。喉《のど》は、ああ、弱いんです。もうおひとりも、腕を離してくださいな」

「大人しくするなら、離してやるぜ」

　別の声が粘っこく言った。

「イヤですわ。イヤイヤ。腋《わき》の下なんか見ないで。腋毛の処理をしてないんです」

　返事はなく、激しいキスの音が続いた。

「ああ、駄目。腋の下、吸わないで。やめてください。あっ、舐めちゃいやン」

「へへ、くすぐったいかい？」

「とんでもない。感じます。私、全身性感帯なんですわよ」

「そらあいいや。ほおら、こんなシャツ脱いじまいな」

　すうっと沈黙が落ちた。男たちが息を呑んだのである。

「ああ……見ないで」

　女の声が喘《あえ》いだ。

「私のおっぱい……丸見えじゃありませんの。やだ、やだ、やだ。見てはイヤぁ」

「ほお、見るだけじゃイヤかい。なら、こうしてやるよ」

「あン!?」

　途方もなく色っぽい嬌声《きようせい》が上がって、男の荒い息遣いともども蜿々《えんえん》と続きはじめた。

「たまらねえぜ、この姐ちゃんの声。もう我慢できねえ。おい、やるぜ」

　二人目の声であった。

「おい」

　最初の男が驚いたように呼びかけた。

「いいじゃねえか。誰もいねえところでこんな身体を見ちまったんだ。もう抑えられねえ」

「おい、よせ」

「邪魔するな」

「やめろ！」

　争う気配が——次の瞬間、骨を断つ音が短く響いた。

遠くで、どん、と重いものが床へ落ちた。

「あなた――何をなさったの⁉」

女の声は驚きに満ちていた。不思議と恐怖は感じられなかった。

「この方の首が――血が――ああ、どくどくと私の胸にかかって――ちょっと、イヤよ。塗りたくったりしないで。ああン、顔にまでえ」

「惚《ほ》れたよ、姐さん――誰もおれを理解してくれねえんだ。こういう性癖を表に出すと、たちまち捕まっちまう。けど、あんたならわかるだろ。あんた、今びしょ濡れだろ。顔見りゃあわかるぜ。うっとりしてやがる。その絶頂であの世へもイカしてやるよ」

「イヤよ、イヤよ。そんなのイヤ。なんですの、そのナイフ？　おっぱいに当てて。まさか、私のおっぱいを切り取るおつもりなんじゃ？」

ようやく女の声に恐怖が翳《かげ》を落とした。

男は一気に切り取るつもりだった。それを止めたのは、女の顔と声であった。いや、全身と言ってもいい。声をかけてきたときから好き者だとは思っていたが、この期《ご》に及んでも、怯《おび》えの渦の中に、はっきりと媚態《びたい》を示している。

血とは別に濡れた瞳と半開きの唇、血まみれの乳房。それを両手で揉《も》みしだき、腰は妖《あや》しくくねっている。

誘っている。それに明らかな恐怖の表情が加わって、男の秘め隠してきたものを露《あら》わにし、兄まで手にかけてしまったのだ。

乳房の根もとにあてがったナイフを外し、男は切尖《きっさき》を唇に近づけた。

「兄貴の血だぜ。葬《とむら》いのつもりで舐めてやれよ」

女は低く呻いた。恐怖でも無惨でもない、官能と法悦の呻きであった。

舌が出た。

それがゆっくりと刃全体を這《は》い、濃密な血潮を舐め取るのを、男は恍惚《こうこつ》と見つめた。男根が限界まで勃起《ぼっき》している。

「よっしゃ」

男はナイフを引いて、乳首に当てた。

「まず、これを切る。それから少しずつ、おっぱいを切ってやる。へへ、一日がかりになるぜ」

「やめて」

女がつぶやいた。ようやく只ならぬ事態を理解したという風な口調である。

「この美しい身体を傷つけるなんて信じられないわ。およしになって」

「およしに？」

男は吹き出した。こたえられない餌食《えじき》だった。舌《した》舐《なめず》りをした。

「いいとも。およしになってやるよ」

ナイフが上がった。

女はうっとりと見つめた。

恐怖が顔を占めている。その中に、言いようもない快感が蠢《うごめ》いていた。

——この瞬間に死にたい
本気で願った。

ああ、振り上げられたナイフを両手で。外しっこないわ。

ナイフは落ちた。

女の願いも空《むな》しく、それは空中で停止した。

男の胸までが黒い円筒の内部に消えているのを女は見た。

男は声を上げることもできなかった。

男にドラム・バッグを被せたのは、その背後に立つ長身の男だった。仮面をつけている。面はむしろ、この惨劇を悼《いた》んでいるように見えた。

バッグが下がった。男の腕もナイフも呑み込まれた。頭や胸がどうなったのか、女は気にしなかった。ここは〈新宿〉なのだ。

靴まで吸い込まれる間じゅう、男の身体からは生命反応が伝わってきた。

バッグを戻すと、仮面の男は女を一瞥《いちべつ》しただけで踵《きびす》を返した。

「お待ちに……なって」

女は喘ぐように言った。いや、それは行為の最中《さなか》の声そのものであった。

それなのに、仮面の主は情《つれ》なくも歩みを止めない。

「私……〈歌舞伎町〉の花屋に勤めております。……柊子と申し……」

男がふり向き、近づいてくるのを、女はとろけるような表情で眺めた。

「秋ふゆはるの店か?」

見下ろして訊いた。

「お知りになりたいですか?」

白い腕がねっとりと、糸でも引くように持ち上がった。

「いらして。お礼もしたいわ」

「ふゆはるの店の従業員なら、おれも遠慮はしない。だが、こんな場所でいいのか?」

言われて女は周囲を眺めた。

すぐ右隣に首なしの胴体が転がっている。首はその五、六メートル先に。そして、床も自分も、血まみれだ。

女――柊子は喉を鳴らした。声は嗄《か》れていた。

「一度、地獄でしたいと思っていましたの。ここは、とても近いわ。ねえ、あの首を持っていらして。お願い」

メギルが戻ると、柊子はそれを受け取り、横に置いた。

「いらして」

メギルが無言で赤い女体に重なった。

それから、光よりも影の多い部屋で、謎の淫女は狂気の淵《ふち》まで追い込まれた。

そこへ落下したいと願いつつ、その寸前でメギルに引き戻され、そして、また追い詰められていく。

柊子は狂乱した。

それは絶叫と、濃艶な行為となって室内を奔騰《ほんとう》し、二つの肉体を溶接してのけた。

昇り詰めた火龍のように、彼女は生首を持ち上げた。

「ああ、貫《つらぬ》いて、私を殺して。この瞬間に」

死者の唇に唇を重ねて、柊子は舌を差し込んだ。

冷たい血の味がする舌に自分の舌を絡み合わせながら、彼女は絶頂を迎えた。


部屋は影を濃くしていた。

その中で、新たな死者のように動かなくなった二つの身体の片方が、もう片方にこうささやいた。

「おまえの主人について知りたい。まず、蒼い薔薇について、だ」

第七章　花の女

1

午後から忙しくなった。

ワン・タイヤ・ビークルを駆る仮面の客が入ってくるや、レジの親父《おやじ》は、

「これはお久しぶり、とんとお見限りで」

と両手を揉《も》み合わせた。〈歌舞伎町〉の花屋の主人は、大型コンビニ店一番の上客であった。

一〇分ほど後、奥の家電コーナーから現われた彼の抱えた品を見て、店長は喜びと疑惑の板ばさみになった。

「マクロ発電機と電線《コード》――これって最大出力で通したら電線焼き切れまっせ。ゴジラだってビリビリ死《じ》にですよ。花屋さんがこんなもの、何に使うんです？」

「電器屋に商売替えした」

と秋ふゆはるは答え、品物を受け取って外へ出た。レシートも忘れなかった。

次の店では何の問題もなく買い物ができた。プラスチックのケースの中で、品物は力強い羽搏《はばた》きの音を立てていた。

三軒目は〈新大久保駅《しんおおくぼ》〉前の「新宿モデリング」であった。

品名を告げ、包んでくれと言うと、店主は眼を丸くした。

「お持ち帰りですか？　すぐお届けしますよ」

「悪いが信用できない。包んでくれ」

とふゆはるは言い張った。

一〇〇キロ近い重さはともかく、背負った荷物の形状に眼を剝《む》く人々の前を、ワン・タイヤ・ビークルにまたがった仮面の主は、時速二〇〇キロで文字通り矢のごとく〈職安通り〉を〈河田町《かわだちょう》〉方面へ

疾走《しっそう》していった。

かつて、彼の従兄弟《いとこ》に斃《たお》された〈主《ぬし》〉の妖気がなおも留《とど》まる〈旧フジTV〉の廊下を、ふゆはるは怖れげもなく歩いて、無人のスタジオへ入った。

周囲を見廻《みまわ》して、

「よし」

とひとつうなずき、荷物を下ろしたとき、五〇〇人は収容可能なスタジオの片隅から、動く気配と欠伸《あくび》の息遣いが流れてきた。ふゆはるが少しも気にしないのは、最初からわかっていたと見える。

「——何してんだね、あんた？」

ノコノコ現われた姿は、薄汚れたホームレスそのものだ。

「出ていけ」

とふゆはるは鈍く今の意思を告げた。ホームレスは当然怒った。

「——何だよ、その言い草。もともとここはおれの寝床だったんだぞ。おい、使うなら使用料寄越《よこ》しな」

次の瞬間、眼の前にガチンと落ちた黄金のきらめきが、ホームレスを驚かせた。

「何だい、こりゃ？」

つまみ上げたのは、一枚の金貨だった。

「表も裏もつるつるだ。オモチャかよ？　舐《な》めんじゃねえぞ、こら」

よれよれの上衣の内側に手を入れると、小型のリボルバーが現われた。

S&W《スミス・アンド・ウエッソン》　チーフスペシャル／三八口径——さしてパワーはないが、至近距離でなら致命傷くらいは充分に与えられる。

荷物を並べだしたふゆはるへ、

「こら、もっとましな金を寄越せ」

「それは、創世記金貨だ」

「なにィ？」

「金貨などあり得ない時代に鋳造《ちゅうぞう》された金貨だ。

この国では、おれとあんた以外持っていない」

「なんだ、そりゃ?」

ホームレスは金貨に眼を落としたが、言われたことは何も理解できなかった。どう見ても、凹凸《おうとつ》は激しいが刻印ひとつないのっぺらぼうの金貨《コイン》でしかない。いや、金かどうかも怪しいものだ。

「舐めやがって、このぉ」

いきなり射《う》った。

広いスタジオの廃墟に、銃声は空《むな》しく反響した。

「?」

硝煙立ち昇る二インチ(約五センチ)銃身をホームレスは呆然《ぼうぜん》と見つめた。

外れたのか?

そんなはずはない。この距離なら絶対だ。肩を狙った――待てよ、そういえば。今、こいつ、右手を少し振ったような気がしたが、まさか?

一〇〇キロ近い発電機を軽々と担《かつ》いで、北の隅《すみ》へと移動しながら、ふゆはるは、はっきりと右手を振った。

ホームレスの足下《あしもと》に、もう一度、硬い音が落ちた。

それに焦点を合わせたホームレスの表情が、みるみる驚愕《きょうがく》に彩《いろど》られた。いま発射した鉛の弾頭だ。ひしゃげてさえいない。

「おい、まさか、手で……?」

疑問を晴らすべき当人は、発電機の設置に忙しそうである。

向けっぱなしの背中に、ホームレスは恐怖より怒りに血を沸騰《ふっとう》させた。

「くくく」

くたばれと言えずに、彼は残る四発全弾を放った。

轟《とどろ》きが空中に消えても、ふゆはるの作業ぶりに変化はなかった。

呆然としていたホームレスは、すぐに怯《おび》えの表情を好奇の塊《かたまり》に変えて、のこのこと仮面のもとへやって来た。

「また、手で摑《つか》んだのか？　いや、手は動かさなかった。ただ、頭だけがちょっとこっちを向いたような気がするんだが。気のせいか？――ぎゃっ⁉」

とひっくり返って後頭部を打ちつけ、失神に辿《たど》り着いたその額《ひたい》から、ぱらぱらと四発の弾頭が床にこぼれた。

ふゆはるの顔がこちらを向いた瞬間、その口から放射された四発と、ホームレスにわかるはずもない。ただ、その仮面と顔とを見ずに済んだのは幸せだったかもしれない。ふゆはるの首は一八〇度回転したのだった。

活を入れられて眼を醒《さ》ますと、ホームレスは一も二もなく、

「大したもンだなあ」

と感服した。

彼はもと、〈区外〉の週刊誌の記者であった。

「雑誌がつぶれてリストラされて、気がついたら〈新宿〉でホームレスよ。身の毛もよだつ街だが、ただ生きてく分にゃ〈区外〉よりずっとマシだ。しかも、生き方に刺激がある。あんたも刺激のひとつさ。なあ、どうやってそんな力を身につけたんだ？」

「アララト山で聞いてこい」

とふゆはるは答えた。

アララト山のひとことこそ重要なキイ・ワードにちがいない。

ホームレスはその名を記憶の倉庫から取り出そうとしたが、あるのはわかっても、場所までは不明だった。

しかし、それは彼に身震いするほどの興奮をもたらした。アララト山？　〈新宿〉――いや、〈魔界都市〉の代表ともいうべき仮面人《びと》が口にしたひとことは、異世界と現実双方の混沌《こんとん》に彼を放り込んだ。

「何だか、あんたに興味が湧《わ》いてきたぜ。どんなに刺激的でも気は少しも引かなかったけど、あんたの

仮面とその下にある顔は？　こんな薄気味の悪いもとTV局で、何をしているんだ？　アララト山ってどこにある？　おお、久しぶりに燃えてきた、燃えてきた。なあ、あんた、取材させてくれ」

ホームレスは、生き生きとかがやく顔でまくしたてた。

「取材してどうする？」

「〈区外〉の出版社へ売り込むに決まってんだろうがよ。今まで〈新宿〉の謎を解明しようとした試みは、一〇〇万回も行なわれたが、どんな些細《ささい》な問題でも、解決できたものはひとつもない。ひょっとしたら、おれが最初で最後かもしれん。どっちにしても、〈区外〉、いや、世界中の耳目を集めるだろう。〈魔界都市〉の秘密をはじめて解き明かしたってな」

「それはよかった」

ふゆはるは、別の包みをほどきはじめたところだった。

ホームレスは眼を瞠《みは》った。


包装紙の下から現われたのは、どう見ても、生きた人間だったからだ。

直立不動の姿勢を取っているところは人形と思えなくもないが、その肌の質感といい全身の柔らかい感じといい、どう見ても生身としか思えない。

それを担《にな》ぐと、ふゆはるはワン・タイヤ・ビークルにまたがり、発電機と対角線上にあるスタジオの隅に寝かせ、同じ紙包みから取り出したビニール・シートで覆《おお》った。作業はすべてビークルに乗ったままで行なわれた。

「何だい、今のは？」

ホームレスが首を傾《かし》げた。

「あの恰好《かっこう》から見て、大昔の人間だよな。どっから攫《さら》ってきた？　薬で眠らせてるよな？」

「謎は謎のままにしておいたらどうだ？」

ふゆはるは、ワン・タイヤ・ビークルの向きを、一番近くの壁へと変えた。

一気に加速する。

「ぶつかる!!」

ホームレスが絶叫した刹那《せつな》、片足で床を蹴《け》った。ビークルは壁を垂直に昇った。ホームレスが眼を剝く。彼はふゆはるの手にしたプラスチック・ケースを見たものの、天井を逆さまに走るドライビングに眼を奪われて、反対の壁を伝わって地上へ下りたふゆはるが、それを持っていないことにも気がつかなかった。

「終わった」

ふゆはるは静かにホームレスを見つめた。

「おれはいったんここを出る。だが、おまえを残していくわけにはいかん」

「おい、待ってくれ」

全身の血が凍るような思いで、ホームレスは呻《うめ》いた。

「おれは何もしない。見たことも口外しない。おれが本にするんだからな。だから安心して――」

彼はふゆはるの前進を止めようと右手を突き出した。

その手首を摑まれ、指先を仮面へ持っていかれた。指は自然に仮面を摑んでいた。

ホームレスの手首を、ふゆはるは突き戻した。

仮面がついてきた。

ホームレスの眼に仮面を脱いだ男の顔が映《うつ》り、網膜に結んだ像だと脳が認識した刹那、彼は意識を失った。


柊子は虫の息であった。

今の今までメギルに責めつづけられていたのである。

最初のうち、柊子は牝獣《めじゅう》のような絶叫を放った。メギルの責めは、それほど凄《すさ》まじかったのである。

ふゆはるについて様々なことを訊《き》かれた。死んでもしゃべるつもりはなかったが、その決意はメギルの愛撫《あいぶ》を受けた途端に塵《ちり》と化した。

ほとんど夢うつつの状態で、しかし、柊子は、男の声を聞いた。

「何も知らんな。これだけの女に私事の一片も漏《も》らさぬとは、さすが、アララトの契約を継いだ男よ」

2

気がつくと、メギルはいなかった。

廃墟の窓から夕暮れの光が差し込んでいる。

全裸のままなのは、少しも気にならなかったが、痺《しび》れっぱなしの肉体は指一本動かない。声も出ず、助けも呼べない。

半《なか》ば――どころか完全に死んでいるような気が、柊子にはした。

いつかわからぬ麻痺《まひ》からの回復を待つしかない。

不思議と怒りは湧かなかった。

自分を犯した男のことを、惚《ほ》れ惚《ぼ》れと思い起こしたほどである。彼は柊子にかつてない肉体の充足を与えたのであった。

――もう一度、抱いてくれないかしら
ふと思った。

そのとき――右方で、重いものを引きずるような音がした。

眼球だけは動く。

薄闇の奥に円筒形の品が見えた。メギルのドラム・バッグである。

置いていった理由を考えようという気にはならなかった。邪魔だからに決まっている。

そうではないとわかったのは、バッグが声を出してからだ。

「……腹ハ……マダ減ッテイナイ。ダガ、コノ女、実ニ美味《ウマ》ソウナ身体《カラダ》ヲ持ッテオル。食ッテクレト男ニ全身デ求メテイル。望ミヲ叶《カナ》エテヤロウ」

そして、こちらに近づいてくるのだ。柊子を美味そうだと断言したものが。

あるのかどうかも忘れていた心臓が、猛烈な勢いで打ちはじめた。

――食われる
その考えが頭の中を血まみれの翼で羽搏いた。

「ちょっと――お待ちになって」

無駄と知りつつ声をかけたが、声になりはしない。

音だけが近づいてくる。

「嫌よ、嫌です。食べられてしまうなんて」

柊子の声はようやくささやき程度になった。大いなる進歩だが、敵はもう一メートルも離れていない。

建物の外に、複数のエンジン音が押し寄せ、ブレーキの音に変わって停止したのは、そのときだった。

罵声《ばせい》とも怒声ともつかない声と足音が入り混じって戸口に近づき、夕暮れの光を土産《みやげ》に次々と入ってきた。

全員、革《かわ》ジャンやレザーのつなぎを身につけた若者たちであった。


「そらよ。ここが最後の楽園だぜ」

憎しみの詰まった声が、そのうちのひとりを床へ放り出した。

その瞬間に柊子に気づいたらしく、驚きの声が上がったが、柊子も負けじと、ささやくように叫んでいた。顔が動いた。

「麻呂亜さん⁉」

四メートルばかり向こうでこちらを向いた仰向《あおむ》けの顔は、血にまみれていても、若い同僚だと、ひと目で見分けられた。

「なんだ、あの姐《ねえ》ちゃん――えらいグラマーだぜ。グラビア撮影か何かか？」

「おい――あのバッグ――動いてるぞ」

柊子は右方にバッグの気配を感じたところだった。

「誰か――助けて」

まだか細いが、ささやきよりは大きな声が出た。

これが〈区外〉なら、若者たちは逃げたか、傍観していただろう。だが、〈区民〉たちはすぐに反応した。

「化物があ」

怒声が銃声に変わるまで、二秒とかからなかった。

向けられた銃は三挺《ちょう》。火線を引いたのもそれだけあった。

柊子のかたわらで、バッグは激しく震え、表面に一〇個近い穴が開いた。

「よっしゃ、仕留めた」

「その女――連れてこい」

とリーダーらしい声が命じた。

三人ばかりが柊子に近づき、足を止めて見下ろした。

メギルに犯されたままの柊子は全裸であった。

乳房も陰毛も剝き出しの豊かな肉体から、性の交わりを終えたばかりの淫《みだ》らなフェロモンが濃厚に立ち昇り、食虫花のように男を刺激するのだった。


当人はようやく動きはじめた手で、乳房と秘所を隠そうとするが、それがまた淫らに見えて、若者たちに生唾《なまつば》を呑み込ませた。股間《こかん》は見事にテントを張っている。

彼らは身を屈《かが》ませた。

柊子を立ち上がらせるためではなかった。

六本の手は乳房を摑み、顔に触れ、股間を割っている。喘《あえ》ぐ唇に指が入れられた。柊子はためらわず、それを舐めた。

若者の呻きに、リーダーの怒号が重なった。

「――何してやがる、この――」

ブーツの足音も高く、彼は近づいてきた。

「うお⁉」

驚きの声が床へと弧を描いた。

無防備の足をすくってぶっ倒したリーダーに飛びかかり、顎《あご》に手を掛けて限界までねじ曲げたのは、瀕死《ひんし》の状態にいたはずの麻呂亜だった。

「てめ……騙《だま》しやがったな」

呻くリーダーへ、

「おまえらにやられた傷なんざ、とうに治ってら。念を入れてついてきてやったのさ。人知れずまとめて片づけるためにな——近づくな。近づくと首の骨へし折るぞ」

背後の連中が、走りだそうとする足を止めた。

不良どもは、先日、〈おとめ山公園〉で、メギルを痛めつけていたチンピラの仲間だった。麻呂亜への復讐《ふくしゆう》を誓うチンピラたちを同乗させて〈新宿〉を走り廻っていたら、〈落合〉のバーから出てきた麻呂亜を見つけ、殴りかかった上で、彼らのアジトのひとつ——この廃墟へ拉致《らち》したものである。麻呂亜が酔っていたのも不運だった。

だが、今や不運は幸運に、幸運は不運に変わって、鮮《あざ》やかな逆転劇が進行しつつあった。

「動けるか、柊子さん?」

と視線の位置を変えて驚いた。

柊子の肉体に群がった少年たちは、その乳房を吸い、腹を舐め、股間へ差し込んだ手をせわしなく動かしているではないか。

「駄目よ、ああ……これじゃあ……動けない」

口紅《ルージュ》なしでも淫らに紅《あか》い唇から漏れる言葉に、麻呂亜は呆《あき》れ返った。

「おい——おれのナイフを返せ!」

と後方の連中に叫んだ。すぐに放られたバタフライ・ナイフを摑むや——リーダーの首をへし折ってから、柊子を貪《むさ》ぼる少年たちを葬る——しかし、その予定は変更せざるを得なかった。

柊子の股間に熱中していた少年が、不意にのけぞるや、あっという間に、すぐ横のドラム・バッグに吸い込まれてしまったのだ。

そいつは悲鳴を上げた。

柊子の乳房にむしゃぶりついていた少年たちがふり向く。強く吸われていた乳首が、ぽんと音を立てて離れた。

「突き飛ばせ!」

状況を理解した麻呂亜が叫んだ。バッグは柊子と五〇センチも離れていない。

獲物を貪る陶酔から醒めていない少年たちの胸を、白い腕が押した。

バッグの方へ上体を捻《ひね》っていた身体は、あっさりバランスを崩して転がった。死の口の前へ。

「走れ！」

麻呂亜が叫んだ。

二人が上げる絶叫を聞きつつ、柊子は必死で起き上がり、麻呂亜めがけて走りだした。膝《ひざ》が笑った。

前のめりになる身体を間一髪、麻呂亜の片腕がすくい上げた。

スライディング・キャッチの形を取ったため、リーダーの顎から手が離れる。

リーダーは仲間の方へ転がって逃亡に移った。

「やっちまえ！」

麻呂亜を指さして叫んだ。

彼らの武器が向けられる前に、麻呂亜は取るべき姿勢を整えていた。

柊子を抱えてバッグの後方へと飛んだのだ。

少年たちの銃口は、無人の床と——バッグに火線を引いた。

少年のひとりが眼を剝いた。

足下にバッグがあった——いや、いた。

その身体が引きずり込まれたとき、麻呂亜は南側の窓へと走った。

もとからガラスは嵌《は》まっていない。ワン・ジャンプで窓を貫《つらぬ》き、鮮やかな受け身を決めてアスファルトに着地する。大人の女ひとりを小脇に抱えていると考えれば、人間離れした体術であった。

立ち上がったとき、窓の内部《なか》から幾《いく》つもの悲鳴が上がり、同時に途絶えた。

外にはバイクが並んでいる。どれも改造品だ。

麻呂亜はひと目で決定した。

「あれだ！」

全長三メートル超のマンモス・バイクであった。

排気管《エグゾースト・ノズル》は片面五本――一〇本もある。エンジンときたら、戦車でも動かせそうな代物だ。

さすがの柊子も、

「あれで、よろしいんですの？」

と眼を丸くしたほどだ。

「よろしい」

柊子を後部座席に押し上げると、ベルトをしろと命じ、麻呂亜は運転席にジャンプした。車高は一五〇センチを超す。

巨人でも扱うようなごついハンドルを摑んだ瞬間、

「来ましたわ」

柊子が鋭くささやいた。

窓からあのバッグが飛び出し、地上に下りたのである。

「鍵《キイ》はあるんですの？」

「ない」

「え？」

「なくても動くよ」

麻呂亜はバタフライ・ナイフを取り出し、親指で小さな窪《くぼ》みを押してから、バイクのキイ代わりに鋭い切尖《きっさき》を差し込んだ。

それは銀色の水のように流れ込み、固まった。

エンジンが唸《うな》ると、麻呂亜は引き抜いた。

「すっごーい」

柊子が顔中をほころばせた。

麻呂亜の武器は液体金属で出来ていたのである。しかも、裏社会の技術者に作らせた逸品は、形状記憶能力まで備えていた。

バイクは疾走に移った。

通りへ出てすぐ、左右を見渡す。左方の歩道に、携帯を掛けている若者がいた。

ぎりぎりバイクを寄せて、その前を通過しざま、失敬した。

「何をするぅ⁉」

と喚《わめ》いて追いかける若いのを、ぐんぐん引き離し

ながら、

「悪《わり》ぃ。後で新しいのを買って返す」

と叫んでキイを押し、耳に当てた。

「ターくん。真知子《まちこ》ぉ〜〜〜」

甘ったるい声が応じた。間違えて、シークレット・キイを押してしまったらしい。麻呂亜の眼が光った。

「ターくんじゃねえ、マーくんだ」

「え」

相手が凍りつくのがわかった。

「ターくんてなどいつだ？　その声じゃ、いい仲らしいな」

「あのあの」

「話は後でつける。二度と連絡を寄越すな」

「あのあの」

キイを押し直していると、

「交友関係が幅広いのね」

と柊子が弄《いら》うように声をかけた。


麻呂亜は視線を腰に落とした。白い手がなまめかしく這《は》い廻っている。

レザー・ジャケットを通して、熱いものが触れた。

「時間と場所をわきまえてください。それに、おれは店長じゃありません」

「高級なブルゴーニュ・ワインの前に、ぴりっとした食前酒《アペリチーフ》もいいものよ」

「とにかく困ります。くすぐるのはやめてください。あのバッグは？」

「あら」

と柊子は腕の力を抜いた。ふり向いたのだろう。

「――大丈夫です。どこにも見えません」

「そいつは――」

安堵《あんど》しかけて、麻呂亜は気を引き締《し》めた。相手の息の根を止めてもひと息入れるな、が〈新宿〉の鉄則だ。プラス――

「店長の携帯をご存じですか？」

「いいえ」

「わかりました」

麻呂亜はあるナンバーをプッシュした。

「あら、ご存じなの？」

「いえ――あ、麻呂亜と申します。『AWSフラワー』の店員をしてます。緊急事態で店長に連絡を取りたいのですが、電話番号を知りません。教えていただけませんか？――ありがとうございます！」

相手はOKしてくれたらしい。ふたたびプッシュする麻呂亜へ、

「誰よ、店長の携帯を知ってる人なんて、この世に――」

「麻呂亜です」

「どうして、このナンバーがわかった？」

「すみません。もうひとりの秋さんに伺《うかが》いました」

柊子が小さく、あっと叫んだ。いた。世界にあとひとり。

「どうした？」

麻呂亜は、ほっとした。金も地位もある保護者に出会った気分だ。

口早に事情を説明した。

「必ず追ってきている。メギルのバッグなら、な」

と相手は保証した。

「どうしたらいいですか？」

「〈フジTV〉跡に来い。奥の『第×スタジオ』だ」

「了解」

携帯を切ると、

「ねえ、今の店長？」

柊子が疑い深そうに訊いてきた。

「そうスよ」

「あたしのこと、何か言ってなかった？」

「何も」

「元気かとか、無事か、とか？」

「まるっきり」

「いつか殺して差し上げるわ」

「楽しみにしてます」

おびただしい乗用車やトラックの間を、迷路の軌跡を描きつつ軽《かろ》やかに抜けながら、麻呂亜はハンドルに装着されたモニター・スクリーンにも眼を走らせていた。両サイドと後部に取り付けられたビデオ・カメラの映像は数秒おきに変わる。

バッグの形をした怪物は映っていなかった。

——ひょっとして、ふり切ったか？

弛緩《しかん》する精神《こころ》を、

——必ず追ってくる
仮面の声が引き締めた。

ほぼ一〇分後、マンモス・バイクは〈旧フジTV〉の玄関に到着した。

新たなる戦いの場に。

3

防火扉をぶち開けて入ってきたバイクを、ふゆはるは黙然と見つめた。

エンジンを切らずに、麻呂亜はバイクを降り、柊子も降ろして、ふゆはるのもとへやって来た。

「プライベートにお邪魔いたします」

艶然と微笑《ほほえ》む妖女に、悪びれた風はない。またもチャンス到来くらいに思っているのだろう。いつの間にか上半分を覆っている男もののシャツは、昼間からボタンを外して千鳥足の酔っ払いから、すれ違いざまひっぱがしたものだ。

ふゆはるは相手にもせず、麻呂亜も無視して扉の方を見つめていたが、

「来てるな」

と言って、若者を緊張させた。

「よくよく柊子のボディが気に入ったとみえる。しかし、いいチャンスだ」

「どういう意味です？」

「柊子——危ない目に遭《あ》ってみるか？」

「あら？　店長の都合ですの？」

「おまえのためだ」

「なら、嫌ですわ。放っておいてください」

「おれのためだ」

「何でもいたします」

「――こうだ」

二人に向かって、ふゆはるは、すでに練っておいたある計画を打ち明けた。


五分ほどして、彼はスタジオを出た。その姿が廊下の奥へ消えたとき、廊下の反対側から、何かをこするような音が上がった。

――と思う間に、扉の前にドラム・バッグがあった。フィルムの真ん中をカットして、前後をつないだような、奇怪な出現ぶりであった。

その端が触れると、重い扉は耳障《ざわ》りな摩擦《まさつ》音を上げて開いた。

扉が邪魔にならない位置まで滑って、バッグは停止した。何が待っているかはもうわかっていた。

七メートルばかり離れた床の上に、柊子が長々と横たわっていたのである。

仰向けの乳房はつぶれず、それを片手で隠しながら、柊子はバッグを見つめた。油でも塗ったごとく濡れ光る顔も胴も太腿《ふともも》も、それ自身が生きもののように妖《あや》しく蠢《うごめ》き、それでいて、秘部はさらさず、乳首も見せず、見る者の妄想を異様に搔《か》き立てるのだった。

そこにいるだけで、平凡な空間を淫らな場所に変えてしまう柊子である。それが誘惑を意図して妖しさを全開したらどうなるか。

人食いバッグとも呼ぶべきものは、明らかに呆然と眼前の生光る女体を見つめ返したのである。

人間なら我を忘れた、というところだ。しかし、バッグはこう言った。口は開いていた。

「危ナイ危ナイ。モウヒトリイルコトヲ、忘レルトコロダッタ。コノオレヲ色ボケニサセルトハ――サゾヤ肉モ美味カロウテ」

じりじりと近づいてくる先で、柊子は恐怖より恍《こう》惚《こつ》に溶けていた。人間誰しもSとM双方の嗜好《しこう》を持っているものだが、この女はいま見る限り、肉の深奥でMの熱泥が煮えたぎっているのであった。

食われる。

自分の肉体が引き裂かれ、溢《あふ》れる血潮が乳房を腰を尻を腿を濡らす。待つのは生きたまま肉をちぎられ、骨を咬《か》み砕かれる地獄の苦痛のみだ。そうなる自分が柊子には堪《たま》らない。助けてと泣き叫びながら食われていく自分を想像しただけで燃えてしまう。この妖女の思いの深さがどれだけのものか――見よ、空気しか触れていないその肌に、ぷつんぷつんと小さな穴が開いたかと思うと、血の塊が盛り上がったではないか。穴は牙《きば》の痕《あと》であった。

「ああ」

カソリックにおける聖人は、磔刑《たっけい》に処されるイエス・キリストの苦痛を思うとき、イエスが釘《くぎ》で貫かれるのと同じ場所から鮮血を噴《ふ》いたといわれる。俗にいう「聖痕」だが、柊子の場合は性痕というべきか。

熱く潤《うる》んだ眼で死のバッグを凝視《ぎょうし》しながら、柊子は自らの血を乳房と腹に塗りつけた。

空気に血臭が混じった。

バッグはふたたび停止した。

はっきりと目が眩《くら》んだのである。血でも性痕にでもなく、柊子そのものに。

天井から麻呂亜が飛び下りてきたのは、その刹那であった。

彼は両手に二本のコードを摑んでいた。

バッグの内部《なか》にいるものは、室内を隈《くま》なく探査していたはずである。その眼に発電機は留まらなかったのか。

着地より早く、若者は両手のコードをバッグの内側へ突き入れた。

手応えはあった。

火花と――苦鳴が上がり、バッグは激しく震えた。空中に肉の焼ける臭いと煙が立ち昇った。

麻呂亜はすでに床を蹴ってバッグの右横へ飛んでいる。

凄惨《せいさん》な表情からもわかるとおり、これは失敗——予定外の行動であった。

表情の理由はもうひとつ——バッグの内部のものが手に触れたのである。

それがどんな奇怪なものであったか、無鉄砲と熱血を絵に描いたようなこの若者が、蒼白な顔でかっと眼を見開いている。

その足下に、二本のコードが弾《はじ》き飛ばされた。

苦鳴が熄《や》んだ。

炎と煙すら消えていた。

バッグだけが、無傷でそこにあった。

「しくじりましたのね、麻呂亜さん」

柊子が虚《うつ》ろな声で言った。彼女にとっては、どうでもいいことなのだ。彼女の望みはひとつ——貪り食われながら、いくことだ。

「残念ダッタナ。オマエヲ食ライ尽クシテカラ、ソノ小僧も胃ノ足シニシテクレル」

ぐいっと毛むくじゃらの男の手がバッグから現われた。

それは柊子の右の乳房に太い指を食い込ませたのである。

肉ごと毟《むし》り取られるような苦痛が柊子の顔を歪《ゆが》ませた。恍惚と法悦に。

指が痙攣《けいれん》しながら離れた。

甲から手の平を、一本の薔薇《ばら》の茎《くき》が貫いていたのである。花は蒼《あお》かった。

「その薔薇は、方舟《はこぶね》の『異形艙《いぎょうそう》』に積み込まれていたただひと鉢の植物だ。『異形艙』は知っているな？　なぜなら、おまえも積み荷だったからだ」

「オノレ……オレハ……めぎるノ……守リ……」

「おれたちに神などいらん。それはあいつも、アララトの山で契約を結んだ者たちから聞かされているはずだ」

「アノ男モ……トウトウ……教エテハ……クレナカ

ッタ……」

バッグの声は不思議な静寂《せいじゃく》を帯びていた。手は――蒼く変わっていた。

「あららと山ノ契約トハ……何ナノダ？　万ノ年ヲ超エテ果タサレル……契約……トハ？」

「知らんほうがいい」

ふゆはるは、小さく息を吐いた。この男が――疲れているのだろうか。

「オレハ……ジキニ……死ヌ……ソレデモ……教エテハ……モラエン……カ？」

「聞いたら、地獄へさえも行けんぞ」

「…………」

「この国の地獄には、鬼というものがいる。食い応えはあるだろう」

返事はなかった。バッグから伸びた腕は力なく落ちていた。

「そう簡単に逝《い》かれては困る。おまえは道標《みちしるべ》だ」

ふゆはるは、蒼い花を引き抜いた。


「一度、店へ戻らねばならん。麻呂亜、すまんがバッグを見張っていてくれないか？　もしも生き返るようなら、これで刺せ」

蒼い花は少年の手に放られた。

ふゆはるは柊子を見てから、扉の方へ顎をしゃくった。

「来い。送っていこう」

「あら、やっぱり、何もせずにですか？」

妖女は自分の乳房を抱きしめながら、

「おかしなことを考えてしまったせいで、身体が火照《ほて》って。冷めるまでこちらに残ります」

淫火の燃える眼が自分を映しているのに、麻呂亜は気がつかない。

「冷めるまで、おれが一緒にいますよ」

この二人の運命について、雇い主はあまり考えていないようだ。

「――では、な」

こう言うと、たちまちモーター音とともに降りてきた背中の乗り物にまたがって走り去った。

「わかっちゃいるが――冷てえよな、店長」

疲れたようにつぶやく麻呂亜へ、

「仕方がないわ、私たち所詮《しょせん》、あの方にとっては店員にすぎませんもの」

柊子は、ふゆはるの消えた扉の方をうっとりと眺めて、

「その冷淡さがあの方の魅力。ああ、また好きになってしまう」

勝手にしろ、と麻呂亜は胸の中で吐き捨てた。

急に根本的な疑問が湧いた。

「――けど、店長、この化物を置いて、何しに店へ戻ったんだ？」

柊子も首を傾《かし》げた。


店の前でビークルを戻すと、ふゆはるはシャッターのところまで歩いて、急に足を止めた。

何を感じたのか、

「来たか」

と、声自体を嚙《か》みつぶすようにつぶやき、シャッターを開いた。真っすぐ奥へ進んで、隠しドアを開いた。

秋という名字の男が、こんな雰囲気に包まれるとは。

絶望に。

「罰当たりめ」

床に置かれた花壇には一〇本の蒼い薔薇が植えてあった。伝説の月日を長らえてきた異形の花が。

それはことごとく腐れ、土気色《つちけいろ》の花弁は無惨《むざん》に萎《しお》れていた。

ダーク・グレイのコートの下に、柿色のシャツを着た異国の男が、ある意図を持ってここを訪れ、目的を果たしたのは明らかであった。

待ちかねていた電話がやっとかかってきた。

神西はそれを手に取り、

「着いたか、よっしゃ」

歓喜のあまりテーブルを叩《たた》いた拳《こぶし》は、勢い余ってラーメンの丼《どんぶり》を、つるつるやっていた英刑事の顔に飛びかからせてしまった。

悲鳴を上げる後輩を一切《いっさい》無視して、

「おい、すぐにメフィスト病院だ。それから、人食い野郎捜《さが》しだ」

ドアの前まで来ると、いきなり向こうから開いた。

よろめくように飛び出てきた背広姿の男を、英刑事が捕らえて、

「逃げても無駄だぞ、矢潮」

と肩をゆすった。

「離せ、この野郎、てめえらに話すことはねえ」

「そんなに元気なら、入院してる必要はあるまい。じっくりと話を聞かせてもらおうか」

強引に病室へ押し込んで、ベッドに放り込んだ。

「何しやがる、それでも民主警察か？　おれはきちんと税金も収めてる真っ当な一〈区民〉だぞ」

「二時間前に税務署から、ここ五年間のおまえの収入の調査結果が上がってきた。それから……」

にやりと笑って英刑事は、

「民主警察なんかじゃねえ、逮捕じゃなくて退治したくてうずうずしてる、おまえとよく似たＤＮＡの集まりだ。よく覚えとけ」

「なにをぉ」

「まあまあ」

と二人の肩を叩いて、神西はベッド——矢潮の隣《となり》に腰を下ろした。

「まず、あんたのやるべきことを教えとく」

と穏《おだ》やかな口調で言った。

「あんたと真田の喧嘩《けんか》が始まったとき、早速、警察へ連絡をくれたマンションの隣人に、お礼のメールを書くことだ。しかし、メフィスト病院てのは凄いところだな。右腕骨折、小腸破裂、脳挫傷《ざしょう》の半死

人を、たった数時間で、逃亡を可能にしちまうんだからな」

「余計なお世話だ。それより——真田の野郎はどうした？　おれも、二、三発はお返ししたはずだぞ」

「目下、逃亡中だ。『真田直売』にも自宅にもいない。心当たりはないか？」

「喧嘩相手の逃亡先まで知るか！」

激昂《げっこう》する矢潮に、わかるわかるとでもいう風にうなずいて、伝説の刑事は、じっと彼の顔を見た。

「——じゃあ、ひとつ質問に答えてもらおうか。まず、あのドラム・バッグを持ったアラブ人——メギルとやらと、あんたの関係だ」

第八章　罠

1

広い空間は燃えていた。

床の上に転がった二つの物体が放つ熱のせいであった。

それは物理的な炎になりはしなかったが、こもった思いは炎より遥《はる》かに熱かった。

やがて仄白《ほのじろ》いほうが浅黒い物体の上に持ち上がり、上下に激しく動きはじめた。

いや、激しくなるにつれて、動きは左右にも及び、ついに白い物体は浅黒いものの上で回転さえしはじめたのである。

「どう?」

と尋ねた白い物体は、髪振り乱した柊子であり、

「凄い」

と呻《うめ》いたのは、下になった麻呂亜であった。

だが、つながった二人の関係が、必ずしもその姿勢どおりでないのは、上になった柊子も全身汗にまみれ、震える唇で、うわごとのように、なんてこと、なんてこと、とつぶやいているからだ。

「こんな——凄い男が——身近にいた——なんて」

欲望と美貌《びぼう》と白い肉で出来ているような妖女は、素早く、切れ切れに漏《も》らした。

「もっと——早く——頂いとくべき——だったわ——ああ——あたしを——こんなに——おかしいおかしい——おかしくなってしまう——美也さん——助けて」

たくましい腰の上で、柊子は上下し、回転し——物理的には不可能としか思えない動きを示した。

それにつられて、若者もまた果てることを知らぬげに腰を脈動させた。

いや、彼は何度も果てている。しかし、柊子の白い肉のわななきと淫《みだ》らな動きと、それが萎《な》えた器官に伝える刺激を味わっているうちに、欲望はふたたび燃え上がり、器官は膨張して、男の力を誇示せず

にはいられないのだった。

ふゆはるが去ってから、つまり、二人が行為に没頭しはじめてから、もう一時間が過ぎていた。その間、一瞬の休みもなく喘《あえ》ぎはスタジオに満ち、汗は肌と床を濡らした。

柊子はのけぞって、何度目かの絶頂を示した。

肉のL字が崩れて一文字《いちもんじ》に変わった。燃えさかる炎が急速に熱を失っていく。それを見届けたように、

「お疲れだな」

愕然《がくぜん》と麻呂亜はそちらを向いたが、精魂尽きた身体《からだ》はすぐには反応せず、柊子もまたぼんやりと、若い胸に貼りつけた顔を移動させただけだ。

「――あんた……？」

脳がダーク・グレイのコート姿を認識するや、麻呂亜の眼に凶気が漲《みなぎ》りはじめた。

公園で不良どもから救出したアラブ人をそこに見たのである。その返礼に彼の恋人を発狂させた忘恩の異国人を。

乱暴に振り落とされ、柊子が悲鳴を上げた。

「君か……」

とアラブ人――メギルは低くつぶやいた。無表情は悲しげな貌《かお》に変わっていた。

「ああ、おれさ」

麻呂亜は立ち上がり、衣服を身につけた。

ジーンズを摑《つか》んだとき、かたわらに置いた蒼《あお》い花が、メギルの瞳に映《うつ》った。

「それは『異形艙』の――君は秋ふゆはるの知り合いか？」

「給料を貰《もら》う身さ」

麻呂亜は全身の力を抜いた。

「まさかこんなところで会えるとは思わなかったが、会えて嬉しいぜ。なあ、水菜があんたに何かしたか？」

メギルは視線を落とした。精悍《せいかん》な顔に浮かんでいるものは、疑いもなく苦渋と後悔の色であった。

「すまない」

心底からの謝罪の言葉が、うすい唇から漏れた。

「弁解はしない。あのお嬢さんのことは私の責任だ。好きにしてくれたまえ。ただ、願えるものならば、おれの仕事が終わってからにしてほしい」

「ごたくを吐《ぬ》かすなよ」

麻呂亜の右手でサバイバル・デバイスが鈍《にぶ》く光を放った。

「てめえの台詞《せりふ》は、地獄で水菜に詫《わ》びるために取っておけ」

若者はゆっくりと歩きだした。

「ちょっと、麻呂亜ちゃん。お待ちなさいな」

それまでへたり込んでいた柊子が、疲れたような声をかけた。眼は妖《あや》しく光っている。麻呂亜より、この男のほうが凄いとでもいう風に。

「はじめまして。柊子と申します」

初対面ではない。とぼけているのである。

「…………」

「うちの店長のライバルとお見受けいたしますが、なぜここへ？」

「――そのバッグに導かれて、な。どちらかの生命《いのち》ある限り、おれたちは離れられん」

「私――そちらに食べられかけましたが」

「すまない――と言ってもはじまらないな。せめて、それを貰って帰ろう」

「こっちはそうはいかねえんだよ」

麻呂亜が足を止めた。メギルまでは約三メートルあった。

その右手の武器を見て、メギルは蒼い薔薇へ眼をやった。

「あれを使いたまえ。それでは役に立たない」

「うるせえ！」

麻呂亜は思い切り右手を突き出した。武器のサイズは三メートルも足りない。

だが、二人を結んだのは、確かに銀色の刀身であった。

形状記憶合金を鍛《きた》えた武器——それには「刀」の記憶も植え込まれているのだ。

「店長にゃすまんが、こいつをおめおめと生かしとくことはできねえ。野郎、くたばりやがれ」

麻呂亜は武器をねじくり、こね廻した。

メギルはのけぞり、前屈し、灼熱《しゃくねつ》の痛覚に応じて狂気のダンスを踊る。

麻呂亜が離れた。

支えを失ってメギルが勢いよく床へとジャンプした。

「麻呂亜さん——なんて、ことを……店長が待っていたのは、この方よ」

柊子が悲痛な声を上げた。

「待つのは殺すためさ」

凄惨《せいさん》な麻呂亜の声に、地の底から響くような低声が応じた。

「そのとおりだ。君はそれに先んじた」

コート姿は、ゆっくりと立ち上がった。

「これで借りは返したとは言わん。残りは後払いということにしてもらおう」

異様な叫びを放って麻呂亜は武器を投げた。

胸前でメギルの手がこれを受け止めた刹那《せつな》、武器は左右に扇《おうぎ》のような刃《やいば》を広げ、彼の指を切り離して、その心臓を貫《つらぬ》いた。

酔漢のような足取りでメギルは後退し、指の落ちたのと反対側の手で武器を摑んだまま動かなくなった。弁慶《べんけい》の、とまではいかないが、見事な立ち往《おう》生《じょう》である。だが、それを凝視《ぎょうし》する二人には、感服の表情も勝利の色もなかった。

メギルは武器を引き抜いた。麻呂亜を見つめて、

「やむを得ん」

とつぶやいた。

片手を加え、拝《おが》むように武器を包み込んだ。指は戻っていた。

ボールをパスする要領で、メギルは武器を真正面に押し出した。

麻呂亜は身を屈《かが》めて躱《かわ》した。

柊子が、あっと叫んだ。

本来の持ち主の頭上を通過した武器は、三メートルほど進んで尾翼を生じさせた。胴体がねじれて風圧を流しつつ、方向を転じる。

立ち上がった麻呂亜の右肺を、それは斜め上から深々と貫通してのけた。

どっと倒れた麻呂亜へ歩み寄り、メギルは身を屈めて、悲しげに言った。

「ここを出ていったら、救命車を呼ぶ。生命は助かるはずだ」

「殺していけよ」

と麻呂亜の声は血の憎悪にまみれていた。

「でねえと、おれはまた見つけ次第、おまえを殺す。何度でも何度でも、死ぬまで殺してやる」

そして、一塊の血を床にぶちまけ、麻呂亜はつっ伏した。

最後まで闘志を燃やしつづける若者の肩に、メギルはそっと手を乗せ、

「おれを殺すのは、君だ」

優しく声をかけると、立ち上がってバッグの方へ歩を進めた。

熱い眼差《まなざ》しが長身を追う。柊子であった。

ドラム・バッグが彼の手に移ったとき、妖女は炎のようなためいきをついた。

「『異形艙』の花にやられたか」

メギルはバッグを開け、右手をその中に入れた。

その顔面がみるみる血の気を失い、干からび、そこだけ時間が逆進したかのような怪現象を生じさせるや、彼はバッグの上につっ伏した。

その手も枯れ枝のようにミイラ化しているのを柊子は見た。

これで終わったとは思えなかった。いや、これは始まりなのだ。

柊子は両腕に力を込めた。眼に希望の光が湧《わ》いた。立てる。下半身は鉄と化したようだったが、何

とか麻呂亜のもとに辿《たど》り着いた。

細くかすかだが、呼吸《いき》はしている。動かすと危ないのは眼にみえていた。救命車を呼ぶしかない。それと警察も。麻呂亜の携帯を探したが、いまの戦いで破壊されていた。

柊子は扉の方を向き、考え直してメギルへ眼をやった。

携帯ぐらいは持っているかもしれない。生死は不明だが、すぐに息を吹き返すとも思えなかった。

決断すると柊子にはためらいがなかった。

小走りにメギルのもとに行き、コートのポケットを調べた。

ない。

おしまいだ。

だが、その眼はメギルの身体の下に下りた。

ドラム・バッグが口を開けている。

頭の中に爆発音が響いた。それは熄《や》むことなく続いた。心臓の鼓動であった。


これから柊子のやることは、眠れる虎《とら》の口に腕を入れるに等しい。しかも、虎は人食い虎であった。

だが、彼女は過去の記憶にも、それがもたらす心音の狂乱にも影響されなかった。

豊かな胸に片手を当てると、呼吸を整え、無造作に右手を入れた。

古い革《かわ》表紙の本や、護符らしいイラストと呪文付きの木板、貝殻をつないだネックレス——

あった。

金属の光を摑んで、柊子は持ち上げた。

間違いない。ドコモの携帯だ。

「これで助かるわ」

麻呂亜の方を見た。歓喜の表情の中に、粘いものが潜《ひそ》んでいた。麻呂亜の味を身体が覚えていたのかもしれない。

「待ってらっしゃい、麻呂亜さん、いま救命車を呼んであげる」

一一九をプッシュし、耳に当てる——その手首を凄《すさ》まじい力で摑まれたのである。

毛むくじゃらの腕は、バッグの内部《なか》から出現していた。

2

復活の時刻《とき》か。次の瞬間、柊子はバッグの内部に引きずり込まれていたにちがいない。

だが、生死の極限で、この妖女はそれまでの状態からは想像もできない動きを見せた。

摑まれた右腕を無理やりねじるような方向へ足から飛び込んだのである。

肩が鳴った。無理な姿勢からのスライディングに骨が折れたのである。

みるみる蒼白になる顔を歪《ゆが》めつつ、柊子は伸ばしきった足を胸もとへ引き寄せた。

ぐい、と引かれた。

毛むくじゃらの腕は手首までバッグに消えている。

その手の甲へ、柊子は足指に挟んだ蒼い薔薇を摑みざま、渾身《こんしん》の力で突き刺した。

絶叫が噴《ふ》き上がった。聞いた柊子が痛みも忘れて失神したほど怪異な叫びであった。

茎《くき》は手の平まで抜けている。明らかに腕はバッグに戻った。何かを摑み出して放り投げた。しかし、みるみる血の気を失い、艶《つや》も失《う》せ、干からびた皮膚が沼底の泥みたいにめくれ上がると、たちまち粉々に落ちてしまった。

ドラム・バッグの魔物は、その餌《えさ》に求めたひとりの女の手で、呆気《あっけ》なく葬《ほうむ》り去られたのである。

広いスタジオに死の沈黙ばかりが落ちた。

二つの動きが生じたのは、数分の後である。

つっ伏した麻呂亜の口から、低い呻きが漏れると、彼は泳ぐように手足を動かしはじめたのである。肺を射抜かれ、瀕死《ひんし》の状態にある彼がなぜ？

原因はバッグの腕の断末魔の叫びであった。柊子の気を失わせた怪声は、逆に失神中の彼を覚醒《かくせい》させてしまったのだ。

眼はなお虚《うつ》ろだ。進みも蟻《あり》の歩みだ。脳の働きはまだ正常に戻っていない。それでも、彼は柊子の方へ這《は》い寄っていく。

二つ目の動きは前方で生じた。

バッグのかたわらから、メギルが立ち上がったのである。

ミイラ化した身体は復活を遂《と》げている。顔には黒《こく》白《びゃく》の面があった。バッグの腕はそれを放ったのである。

だが、その眼は麻呂亜のように虚ろだ。彼も尋常な復活を遂げたのではなかったのだ。

首だけを動かして、麻呂亜を見た。仮面の下の両眼に鬼気が点《とも》った。麻呂亜を敵としか認識していない光であった。

麻呂亜の方へ歩きだしたとき、その眼はさらに激しく燃えていた。


若者の前方に立ちふさがるや、彼は右足を持ち上げた。

踏み下ろす場所はただひとつ——頸骨《けいこつ》しかない。それでも麻呂亜は這い進む。柊子を救うべく盲目の意思に導かれて。そして、もう蒼い薔薇はなかった。

死の瞬間、しかし、メギルは足を止め、ゆっくりと床に戻した。眼は鉄扉《てっぴ》の前に立つ人影を映していた。

「間に合ったようだな」

と秋ふゆはるは言った。

メギルの仮面の右頰《ほお》に、すうと剣と槍《やり》の形が浮かび上がった。

「『異形艙』の薔薇は……もう……ないぞ……秋ふゆはる」

「そのとおり。これで互角だ」

ふゆはるは無手で進みはじめた。仮面の頰には、メギルと同じ形が浮かび上がっている。

「ノアは何を望んだ?」

ふゆはるが訊《き》いた。

「面たちが出会わぬことだ」

とメギルが答え、こう続けた。

「だが、おれたちはいま遭遇した。こうなった以上、あの世でノアに詫びるしかない、な」

「おれの薔薇は根こそぎ失われ、おまえのバッグも消えた。『異形艙』から持ち出された品はもはやない」

「残るは仮面同士というわけか」

メギルはむしろ晴れ晴れと笑った。

右手を上げ、人さし指で頬を叩いた。

「おれたちがどう考えようと、面に逆らうことは許されん。これを打った連中は何者だ? さぞや感慨深い思いで、おれたちを見ていることだろうな」

「代理戦争か」

ふゆはるの声に、虚無が滲《にじ》んだ。歴史に記される遥か以前、名も知れぬ存在たちに打たれた仮面は、ひとつの覇者を決定づけるべき時を迎えようとしていた。

それは、ひとりではなく、ひ、と、つ、だった。ふゆはるの虚無をノアも味わったのだろうか。

ふゆはるが右手を伸ばした。前へ。

メギルも左手を伸ばす。横へ。

頬の模様が濃さを増した。

ふゆはるの右手がさらに伸びた。いや、これは石の刃身であった。三メートルの距離はゼロと化した。切尖《きっさき》はメギルの心臓を貫いた。——と見えた寸前、横薙《よこな》ぎに振られた影が、火花を散らして嚙《か》み合ったのである。

光の粒が消えるより早く、影は石の槍と化して、ふゆはるの胸もとへ吸い込まれている。

だが、彼は流れ水のように横へ走った。

槍が追う。黒い木の柄《え》に五〇センチばかりの石の穂を紐《ひも》でくくりつけただけの品だが、重さは一〇キロを下るまい。

メギルはそれを竿《さお》のように使った。ふゆはるに躱されるや、それは攻撃の隙《すき》を与えぬ位置で静止し、いや、止まったとも見えぬ間に、鉄さえ貫く突きを送ってきた。

驚くべきはふゆはるの動きであった。

最初の横移動以外、彼は停止位置を一歩も動かずメギルの攻撃を受けた。

その胸もとで火花は上がりつづけ、ふゆはるに光の影をつけた。

石槍が離れ、ふゆはるも剣を引きつつ後退した。

メギルが踏み込んだ刹那、彼は刀身を放った。前方へではなく頭上へ。

どう設置したものか、天井に固定されていた発電機の下に折り畳まれていたコードは、石の刀身に縛《いまし》めを解かれ、ふたすじの死線となって降った。

メギルの頭と肩に。

彼の全身は痙攣《けいれん》し、肉の焼ける臭いが空中に広がった。このためにふゆはるは準備を整えたのである。

メギルは逃れようとしたが、コードは蛇のように全身に巻きついて離れなかった。

コードは火を噴いた。

狂気の痙攣を続ける身体がついに動かなくなると、ふゆはるは用心深く近づいた。コードをほどこうともせず、

「これで終わりか、メギルよ?」

と訊いた。

「方舟《はこぶね》に電気はなかった。だからこそ、効《き》くと思ったが、バッグの中のものはこの直撃を食らって生き延びた。おまえもそれに倣《なら》え」

そして、彼は満足そうな眼差しになった。

メギルの頬に浮かんだ盾《たて》状の模様を見たのだ。

メギルの眼が開いた。一〇万ボルトの電撃は、今もその全身を駆け巡っているはずだ。

ぐん、と槍が伸びた。ほとんど無意識の動きであった。それが鳩尾《みぞおち》を貫くまで、ふゆはるは動くこと

もできなかった。

　メギルが槍をしごくと、彼の身体は床に投げ出された。

「とどめか」

　メギルは疲れたようにつぶやいた。闘志のかけらもない声である。

　それでも彼は槍を振り上げ、ふゆはるの心臓を狙った。

　そして苦笑を浮かべた。

渾身《こんしん》の力を込めて突いた槍の穂は、鉄を打つ響きとともに撥《は》ね返っていた。

　ふゆはるの仮面にも盾の形が浮いている。

　彼が立ち上がるまで待ち、メギルは両手を広げた。うんざりしたという風な仕草である。

「死ぬも生きるも面次第か。さすがに虚しくなってきた。ここへ来てから何度もおさらばしようと思ったが、それも叶《かな》わなかった。なあ、おれがこの面を取ったら、おまえに殺せるか？」

「…………」

「やはり、ひとつだけ残るまで駄目か。だが、どうやって決着をつける」

「面を外せ」

「――それしかないだろうな」

　メギルは両手を面に掛けた。まさしく彼は仮面を――彼の生死を司《つかさど》る物体を外そうとしたのである。

　だが、それはびくともしなかった。彼は面を左右に斜めにずらそうと力を加えた。

　面と肉との接触面から、たらたらと鮮血がしたたり落ちた。面は肉まで食い込んでいたのである。否《いな》、いま食い込んだのだ。

「どこまでも決着をつけたいらしいな。遥かな世界の面打ちは」

　ふゆはるの声は疲れているようだった。

　その戦いを見ている麻呂亜が、もしも正気を取り戻していたら、双方の戦意の欠如に気づいて、呆然と天を仰《あお》いだであろう。

秋ふゆはるとメギル——彼らの死闘は彼らのためのものではないのだった。

再開はふゆはるの跳躍からであった。一気に五メートルも後ろへ跳ぶや、着地と同時に彼は壁のそばに置いてあったプラスチック・ケースを開いた。

羽搏《はばた》きが上がった。

スタジオの天井まで舞い上がったのは、白い鳩《はと》であった。口の端に細い枝を咥《くわ》えている。

「オリーブの枝だ」

ふゆはるは言った。

「何かはわかるな。なら、これはどうだ?」

彼は身を屈め、ケースの脇に横たわっている二メートル近い紙包みの上から、リモコンらしい装置を手に取って、紙包みに向けた。

中のものが動くと、まず麻服をまとった腕が包装を破って現われた。

筋肉のすじがはっきりとわかる太い男の腕であった。四つん這いになったのは、それにふさわしい体格の老巨漢であった。

髪も長い顎鬚《あごひげ》も雲のように白い。彼は立ち上がった。その肩に、招かれたもののごとく白い鳩が止まって、嘴《くちばし》を突き出した。老人はオリーブの枝を受け取った。

「〝——尚又《なおまた》七日待ちて、再び鳩を方舟より放出《はな》ちけるが、鳩暮におよびて、彼に還《かえ》れり。視《み》よ其口《そのくち》に橄欖《かんらん》(オリーブ)の若葉ありき。是《これ》に於《おい》てノア地より水の減《な》少《き》しをしれり……〟」

ふゆはるの声は、薄明のスタジオを遠く流れた。

3

榊原《さかきばら》課長は、真っすぐ地震計に向かっている高《たか》山《やま》課員の席へ行って、

「どうだ?」

と訊いた。すでに気がついている。答えもわかっ

ていた。

「二一秒前に微震がありました。震度二。発生地点は〈新宿七丁目〉の地下五キロ。〈新宿〉のほぼ中心です」

榊原の席で電話が鳴った。高山のに切り換え、受話器を取る。

「〈地震課〉の榊原です」

こう言ってから、高山に告げられたばかりのデータをそのまま口にし、

「――でしたら間違いありません。引き続き観測を続行いたします」

と切るまで、三分と少しかかった。

「異変の連絡ですか?」

高山と――他の課員の視線が退職間近の老体に集中する。

「ああ、もう三本入ったらしい。〈歌舞伎町〉のクラブで、火吹きを見せてた芸人が、客席に吹いた。特殊な燃料を使っていたらしく、三〇人近くが焼死したそうだ。〈市谷加賀町《いちがやかがちょう》〉の民家では葬式の最中に棺《ひつぎ》の中からお祖母《ばあ》さんが現われ、亭主を絞《し》め殺した。〈四谷三丁目〉では、商店街の店という店が、一斉にシャッターを閉めて誰ひとり出てこない。いま警察が向かっているはずだ」

数秒のあいだ、誰も口を利《き》かなかった。言うべきことはわかっていた。

高山が覚悟を決めた。

「――〈魔震《デビル・クエイク》〉でしょうか?」

「間違いない」

榊原はうなずいた。こんな発言に自信など持ちたくなかった。

「ここのところ、微震もなりを潜《ひそ》めていました。何だかおかしい、と。前兆だったのでしょうか?」

紅一点の女性課員が心細げに訊いた。

「たぶんな」

決まっている。榊原はこれも絶対の自信を込めて言った。

「おそらくこれから四八時間、千の単位で異変の連絡が届く。〈魔震対策室〉は地獄の闇鍋《やみなべ》だ。何が出てくるか見当もつかん」

「――どうして、今頃？　原因は何でしょう？」

別の課員が訊いた。

「ありとあらゆることとさ。おれたちの日頃の行ないが悪かったのかもしれん。酔っ払いの吐いた反吐《へど》のせいかもしれん。レストランの料理が不味《まず》かったのかもしれん。サラリー・ローンの社長の訓辞が気に食わなかったかな。とにかく、何もかもが、だ」

「収まりますかね？」

声の主を見て、この莫迦《ばか》が、と思ったことを榊原は後悔した。一昨日やって来た〈区外〉からの研修生だ。無理もない。

「収まるさ。必ず、な。何だって、始まりがあれば終わりは来る。ただ、どんな終わりかが問題だ」

女の悲鳴が上がった。

机の上の花瓶《かびん》から紫色の触手が八方へ広がり、女子課員の首に巻きついたのである。活《い》けてあるのは薔薇であった。

対応は迅速《じんそく》だった。ひとり残して全員〈区民〉だ。

いちばん先に机上のコンバット・ナイフを摑んだ課員が走り寄り、その触手を切断した。

「根っこだ」

と花瓶を見つめる課員の胸を、花の触手が貫いた。

「伏せろ！」

スライド式の散弾銃《ショットガン》を構えた榊原が命令一下、その効果を確かめもせずに引金《ひきがね》を引いた。

薔薇の変化《へんげ》は瓶ごと四散した。

沈黙の室内に、研修生の悲鳴ばかりが続き、うるせえとビンタの音を合図に熄《や》んだ。

「それって、私費ですか？」

高山の問いに、榊原はスライドを引いて００《ダブルオー》バックの紙薬莢《やっきょう》を排出《エジェクト》してから答えた。

「〈区役所〉の自動式《オート》は使用できんのでな。以前、突っ込み《ジャム》を起こして、二人死んだ」

「失礼します」

と研修生が立ち上がって、一礼し、ぎくしゃくと出ていった。

「あいつ、二度と戻ってきませんよ」

と高山が、鬱陶《うっとう》しそうに言った。

半月後、風の便りで、研修生が入院先の病院で亡くなったと課員全員が知る。


この二人の戦いは、〈魔震〉の結果と言えるのだろうか。

それとも原因か。

明らかにするつもりか、秋ふゆはるのかたわらに立った白髪白髯《はくはつはくぜん》の老人は、ぎごちない歩みをメギルとの中間地点まで運んでいた。

彼はノアであった。

だが、むろん、本物のノアをふゆはるもメギルも知らぬ。

にもかかわらず、彼はノアだと二人とも認めた。麻服に身を包んだ老人を映す眼がそう言っている。

これはふゆはるがモデリング・ショップ――模型店で買い込んだ変身人体プラモだ。顔も体型も、流動性プラモの扱いひとつでどうにでも変えられる。いたいけな赤ん坊も巨大怪獣も、ふゆはるの意のままだ。だが、彼は老人を選んだ。ノアを。

「記憶に従ってこしらえた」

こう言ったとき、メギルもうなずいたのである。

伝説でしかない聖書の「創世記」の遥か以前、神秘な戦いを繰《く》り広げていた者たちは、やはり人類の祖先だったのだろうか。その血は〝記憶〟という名のDNAを、人間の生と死を繰り返しつつ数万年に亘《わた》って伝え、ついにこの二人の生命に辿り着いたのであった。

だからこそそのふゆはるの主張であり、メギルの同意であった。

「脳はおれの指示で違法臓器屋の主人に形成させた」

ふゆはるの言葉に潜む二律背反の思いを証明するかのように、老人は頭を押さえ、苦痛の表情を見せた。それは人間そのものであり、無機質なモデルの顔そのものでもあった。

すでに彼は片方を選んだ。

「……橄欖の枝は受け取った。わしはそれから翌年の二月二七日に方舟を降り、おまえたちに面を渡した。呪われた面をな。覚えているか？」

「はい、確かに」

黒白の仮面の声は、厳《おごそ》かであった。

太古の一日、アララト山の頂《いただき》でノアと過ごした時間《とき》の記憶が甦《よみがえ》ったかのように、彼は深々と頭を垂れて額《ぬか》ずいた。

その首すじに灼熱《しやくねつ》の痛覚が食い込んだのである。

ノアは右手に握った石の短剣——それもふゆはるの手になるものか——の手応えを確かめ、こね廻し、引き抜いてまた刺した。

鮮血の出口を押さえようともせずに、メギルは呻いて、前のめりになった。

「これは効《き》いたな、メギル」

とふゆはるは言った。違法に仕入れた脳に、ノアの記憶とともに、メギルへの殺意を植えつけておくのは、彼にとって簡単な技だったのだろうか。

「おれたちにとって死は非現実だ。この仮面ある限りな。だが、おまえはノアとともに現実へ還った。そこには死が常にある」

「そのとおりだ。おれは、おまえより幸せだ」

言うなり、メギルの仮面に縦に一すじの線が走った。鮮やかに割れ開いた面の下で、どこか安らかなメギルの顔が床につぶれた。

「やった」

遠い声をふゆはるは聞いた。

「凄《すげ》えや……さすがは店長……」

麻呂亜は床の上で、正気な両眼をふゆはるに向けていた。

「バッグの化物も……そいつも……やっと仇《かたき》が討てたぜ……ありがとう」

「まだ、滅びてはいない」

ふゆはるは言った。

「……死んだのと……同じさ」

麻呂亜の声が急に変わった。

「――危ない！」

麻呂亜は、ふゆはるの背後から襲いかかって短剣を突き立てようとする老人を見たのである。

間一髪、ふゆはるが身を躱《かわ》せたかどうかは不明だ。

解答が出る前に、老人は震えた。首から上はきれいに飛び散っていた。

銃声は後から聞こえた。

多用途《マルチパーパス》ライフルを肩付けした機動警官の後ろから、神西がこちらへ歩いてきた。

「感謝してもらいたいな」

と言った。

「どうしてここへ？」

ふゆはるの問いである。

「〈矢来町〉でホームレスが捕まった。想像もできないショックを受けたらしく、ほとんど記憶を失っていたが、面がどうこうつぶやいていた。〈新宿〉中の交番には署長命令で、面に関する事柄を口走る連中はすべて不審尋問し、本署へ連絡する手筈《てはず》となっている」

ふゆはるの眼が細まった。総力戦か、と苦笑したのである。

「彼の上衣のポケットに、ここの喫茶室の名前が入ったマッチがあったのさ」

と言われても単なる付け足しとしか聞こえなかった。

「詳しい事情を聞かせてもらおうか」

「その前に、とどめを刺させてもらおう」

ふゆはるはメギルの方へ歩きだした。麻呂亜ともども機動警官が囲んでいる。

「よせ」

神西が制止した。

ふゆはるは止まらない。

「みな、離れろ！」

と、叫んで、神西はそばの警官から多用途ライフルを奪い取った。

ノアの頭部を吹き飛ばした散弾銃モードに合わせてある銃口は、信じられない標的に向けられた。

「止まらんと、その子を射《う》つ」

ふゆはるは足を止めてふり返った。

「なるほど、〝伝説の刑事〟か」

「ある殺人鬼が、自宅に誘拐《ゆうかい》した子供を、殺そうとしたことがある。踏み込んだおれたちの眼の前でな。奴は強化処理を受けていた。おれは犯人の娘を連れてこさせ、今と同じことをした。だが、奴は止まらず、おれは娘の肩を射った」

「犯人はどうした？」

「子供を殺したよ」

「――それで〝伝説の刑事〟か」

「ああ。〈新宿〉流のやり方だと罪には問われなかったが、おれは眠ることにした。余計な真似をしてくれたな」

ふゆはるとメギルの件で覚醒させられたことを言っているのである。

「――というわけで、おれも前科《まえ》持ちだ。その子を射つのに斟酌《しんしゃく》はしない。大人しく連行されてくれ」

「そいつはまだ危険人物だぞ」

「わかってる。メフィスト病院の特別病棟を頼んである」

「手際のいいことだ」

「〝伝説の刑事〟でな」

ふゆはるを動かなくさせたのは、神西のウインクではなく、メフィスト病院のひとことであった。

「まかせよう」

息を呑んでいた機動警官たちが殺到し、手錠を掛けた。

「すまんが規則でな」

ふゆはるは扉の方へ歩きだした。

「地震があったな」

「――よくわかったな」

神西は眼を丸くした。

「あちこちで異変が続出してる。どうやら、〈魔震〉の血族らしい。原因は不明――」

ここで神西は足を止め、仮面の横顔を見つめた。眼には凄まじい恐怖が渦巻いていた。やっと気づいたのだ。

「……そうか……。あんたたちが……?」

答えるものはない。

呆然と後ろ姿を見送る〝伝説の刑事〟が、ようやく我に返ってその後を追いはじめたとき、仮面の主はすでに戸口を抜けていた。

第九章　或《あ》る夜の出来事

1

異変の夜がはじまっていた。

意味もない凶気が人々を蝕《むしば》み、〈歌舞伎町〉は当然として、西は〈落合〉、〈大久保〉、〈新大久保〉、東は〈市谷〉〈神楽坂《かぐらざか》〉、北は〈早稲田〉〈山吹町《やまぶきちよう》〉〈高田馬場〉、南は〈西新宿〉〈新宿御苑《ぎよえん》〉〈信濃町《しなのまち》〉、並みいる街々で狂気の殺戮《さつりく》が繰《く》り返された。

　出動する警官たちも射《う》ち合い、救命車のスタッフは電気ショックとメスを使って殺し合った。

　妖物も荒れ狂った。魔術法《ほう》力《りき》によって〈危険地帯《デンジャラス・ゾーン》〉に封じられていた連中が逃亡し、人々は次々にその餌食《えじき》になった。

〈区長〉は「機動特別部隊」——俗称〝機動戦隊〟の出動を要請し、戦闘ヘリとマン・フライヤーが〈新宿〉の空を舞った。

　人々は三〇ミリ機関砲の弾《たま》の直撃よりも、所構わずばら撒《ま》かれる灼熱《しやくねつ》の空薬莢《からやつきよう》を恐れた。

〝神隠し〟の名所〈山吹町〉では、これまでの失踪《しつそう》者が次々に帰還し、喜ぶ家族を襲いはじめた。その結果、無人の家が続々と増えていった。

　パトカーはひっきりなしに出動し、逮捕者は休みなく連行されてきた。あらゆる病院は手足や首を失った〝急患〟で溢《あふ》れた。

　そんな夜、人々は以下のような現象が勃発《ぼつぱつ》するのを予想しておくべきであった。

　メギルは出血多量で危険と救命車の中で判断され、メフィスト病院へ到着すると同時に、輸血を受けた。〈警察病院〉でないのは、神西＝署長の指示によるものであった。

　彼の仮面は鑑識課のテーブルに置かれたが、より重要な物件や死体が秒単位で運び込まれるため、気に留める者もなく、その晩の空気にさらされていた。

午後一〇時を少し廻《まわ》った頃であったろう。〈余丁町〉で生じた亀裂に落下、死亡した死体が届けられたのである。

なぜか、鑑識医はそれを真っ先に調べなければならないような気になって、準備を整えた。

　メギルの面は、部屋の北の壁に接するテーブルに、二つに分けて置かれていた。

　遺体の調査中に医師のひとりは、メスを替えようとふり返り、仮面を見た。それはひとつしかなかった。

　鑑識医は気にもせず作業を続け、終了後、何となく気になってテーブルの方を見たが、そこには何も載《の》っていなかった。

〈新宿〉にとってその日の最大の不幸は、メフィスト病院の〈特別病棟〉に空《あ》きがないことであった。院長の下《もと》へ神西＝署長の要請が届いたのも、患者の到着より二分ほど遅れた事実が、悲劇を決定的にした。

　とりあえずと収容された「緊急病棟」の、厚さ五七センチもある強化コンクリートの壁に大穴が開けられたのは、一分後のことであった。メギルの姿はなかった。

　秋ふゆはるが釈放されたのは、午後一〇時を少し廻った頃であった。

　真っすぐ家へ戻ると、彼はある携帯のナンバーをプッシュした。

「はあい、大変そうね。TVの警察発表を見たわよ。〈旧フジTV〉のトラブル——あんたでしょ？」

　携帯のスクリーンでにこやかな笑みを見せているのは、妖婦・真田マキであった。

　それには答えず、

「明日の件だが」

「待ってたわよ」

　マキの声は弾《はず》んでいる。

そこへ、キャッチが入った。

「少し待て」

と告げて、ふゆはるはキャッチを受けた。

二〇秒ほどで切り、マキとの会話に戻った。

「どっから？」

「警察だ。メギルがメフィスト病院から逃げたらしい」

「メフィスト病院から⁉」

この女には、それ自体より、こっちのほうが驚きなのであった。〈新宿〉の人間ならみなそうだ。

「〈特別病棟〉へ入れるのが少し遅れたそうだ。非常線を張ると言っている」

「無駄ね」

これはふゆはるも知悉《ちしつ》していることであった。

「明日の件だが、一七時に〈コマ劇〉へ来い。楽屋口はわかってるな？」

「了解。どうやって誘い出すのかしら？」

「余計なお世話だ」

「はいはい。じゃあね。楽しみにしてるわ」

会話はこれで切れた。

携帯を置いて、ふゆはるは窓の外を眺めた。

〈新宿〉の夜は始まったばかりだ。

闇《やみ》の奥が紅《あか》い。火事にちがいない。

彼は両手で頭を押さえた。それから、夏を知らぬ男は言った。

「全《すべ》てはアララトの契約が招いたことか――それは明日、満了する」


〝欲しいものは〈歌舞伎町〉にある〟

〈区〉発行の正式なガイドブックにも記されている一行だ。

最も簡単な確認法は、
①大きなバッグかスーツケースを持って、周囲を見廻している人物を捜《さが》す。
大概《たいがい》の場合、その場か横丁で欲しいものが手に入ることが多い。

②「欲しいものがあるかい？」と声をかけてきた場合、それなりの数の見本品が入っていそうなバッグかスーツケースを持っている人物なら、とりあえず安心。手ぶらだと、おかしな場所へ連れていかれることもあるから要注意。

㊟〈新宿〉でまず必要になる品ベスト3は――
一、武器　二、護符　三、通信器具（携帯、レーザー通信器、その他）

③こういう何でも屋（よろず屋）は、言うまでもなく観光客目当ての詐欺《さぎ》師であり、中には〈区〉の認可証明書があると偽物（商品だ！）を見せる知能犯もいるが、〈区〉では一切《いっさい》発行していない。

④例外的に良心的な何でも屋もいる。彼らは品質に自信を持っているため、商品の値段が高く、バッタ物ははっきりとそう伝え、相応の廉価《れんか》で販売する。最初から全商品五割引きなどというプラカードを下げていたり、口に出して引っかけようとする連中は要注意。（――以上、〈新宿区〉発行の〈正式ガイドブック〉による）

メギルはまず、良心的な何でも屋から携帯と通信器を一台ずつ買った。

料金の三倍という条件で、安全に使える〝場所〟を紹介してもらい、〈大久保病院〉近くの日払いマンションの一室へ入った。

料金は三日分渡してある。脱走してすぐ、通行人からスリ取った金だ。NY《ニューヨーク》にいた頃、プロに習った技術が、やっと役に立った。バッグはない。

ドアをロックすると同時に、通信器を使った。〈新宿警察〉の周波数帯に合わせるのは簡単だった。

それは非常線が張られたことを告げていた。獲物は言うまでもない。

通信器を切ってから、携帯を取り上げた。

相手はすぐに出た。開口いちばん、

「あの病院をよく脱け出せたわね」

「――例の件だが、まだ、おれの相棒だな」

にべもない応答に、相手は気を悪くした風もな

く、

「もちろんよ。さっき連絡があったわ。一七時に〈コマ劇〉よ」

「〈コマ劇?〉」

「あ。〈新宿コマ劇場〉」

「わかった。その前に――」

「はいはい。じゃ――」


一一時に会うことを約束した。

「やれそう?」

「たぶんな」

「自信がないの?」

「そんなもの、あった例《ためし》がない」

「あらあら――心細いわね」

そのとき、ドアが硬い音を立てた。

少し待て、と告げ、ドアに近づいて外の様子を窺《うかが》った。

五秒ほど待って開いた。

廊下には誰もいない。

何かがあった。

床上の黒白《こくびゃく》の仮面をメギルは拾い上げた。

部屋へ戻って、ベッド上の携帯を取り上げた表情は、うすい笑みを浮かべていた。

「訂正する」

と低く告げた。それから、地鳴りみたいな自信を込めて、

「――生まれてはじめて、自信が出来た」


午前二時。矢潮はアジトのひとつに戻った。生命《いのち》の危険を感じた時の用心に、二〇用意してあるマンションのひとつである。失踪した専務が、マキの責め問いにあって、常駐するアジトをしゃべったのは知っている。ここは秘中の秘だ。ベッドの上で長々と手足を伸ばす。

「すまねえな、メギルさん。ま、おかげで出られたぜ」

〈新宿警察〉での尋問は、メギルとの関係に絞《しぼ》られた。知らぬ存ぜぬを通していると、向こうは司法取引というやつを持ち出した。

メギルとの関係をすべて吐けば、釈放する。他の犯罪に関しても捜査はするが、裁判では手心を加えよう。

この条件で矢潮は妥協した。

〈亀裂〉内での「真田直売」社員惨殺《ざんさつ》、真田社長の殺人依頼――洗いざらいしゃべった上で、

「あいつは狂犬だ。依頼を後悔している」

と念を押した。

まだ、メギル逃亡の連絡は入っていない。

マンションへ来るまで、矢潮は最大の注意と用心を心懸《が》けた。メギルの真の力がどれほどのものかはわからないが、これまでの実績によれば、今回の依頼など遊び半分で片づけられるはずだし、最初の分はまさしくそのとおりになった。二件目はマキという女房が只者《ただもの》ではなかったから、手間取るのは仕方がないが、そのマキとメギルが手を組むとは想像の他だった。とりあえずはこれで縁切りだ。夫婦の始末は、また考えればいい。

唯一の不安材料は、自分が警察に売られたと知ったメギルが売った自分に報復を企《くわだ》てるかだ。それは間違いない。だが、〈新宿〉にいる限り、メギルが〈新宿警察〉の手に落ちるのは時間の問題だ。それまで安全に過ごすため、矢潮は〈新大久保〉にあるこの〝隠れ家〟へやって来たのだった。

玄関からホールへ入ると、管理人室に顔を出すのがルールだ。七十近い管理人が百戦錬磨《ひやくせんれんま》の殺し屋だと知っているのは、不動産屋とマンションの住人に限られる。もっとも住人の半数は、訳ありの居住者を守るために、不動産屋に雇われている殺し屋兼ガードマンたちである。まさしくここは〝安全な隠れ家〟なのだ。

だが、四階のエレベーター・ホールに出た瞬間、矢潮は不動産屋と管理人をぶち殺すと誓った。

見覚えのある掛け布団《ぶとん》が床に広がっていた。

愕然《がくぜん》と、

「真田の化物《ばけもの》女房か」

来る途中で買い込んだ安物のコピー・ガンを向ける。どう見ても一〇〇年以上前に米軍の制式拳銃となったコルトM1911A1四五口径だが、中身は粗悪な鉄をふんだんに使い、施条《ライフル》さえまともに切ってあるかどうか疑わしい粗悪品で、ただし値段は本物の七割引きと滅法《めっぽう》安い。

昨日の真田正之との一件を見ても明らかなように、矢潮は護身用の武器に重きを置いていない。とりあえず一弾倉《ワン・マガジン》七発は無難に射てるとの保証は売人から取り付けてあった。

だが、引金《ひきがね》を引く前に、左の耳もとで、

「あら、物騒なご挨拶《あいさつ》ね」

と女の声がささやいたのである。それを聞いた途端、矢潮の全身から闘志が失われ、熱泥のような欲望が噴出した。

右手はあっさりと白い手に押さえられ、接触部から伝わる感触に、彼の股間は限界まで膨張してしまった。

「てめえ――どうやってここを?」

当然の問いに、

「簡単よ。あんたとこの専務に、教えてもらったアジトの中で、ここが〈新宿警察〉からいちばん近かったからよ」

矢潮への尋問の様子は、〈新宿TV〉が繰《く》り返し流している。

「――で、どうしようってんだ?」

「死んでもらうわ」

「なら、さっさとやりやがれ!」

「――とりあえず冗談よ」

「なにィ?」

と凄《すご》んだものの、それこそとりあえず訳がわからない。

「あんた、いま指名手配になってる非常線男に、あたしとうちの人の暗殺を依頼したでしょ」

「ああ、したとも」

「そういう向こう見ずが好きなのよ、あたし」

「なにィ？」

「というのは表向きの理由。ホントはただ寝てみたかっただけ」

矢潮は素《す》っ頓狂《とんきょう》な表情になって、

「――おれとか？　てめえ、気は確かか？」

「残念ですけど狂ってるかもしれない。ただし、生まれたときからよ」

「おれと寝たいとは、どういう風の吹き廻しだ？」

「別に。あたし、強い男が好きなだけ」

「いいか、よく聞け。おれはおめえんとこの商売敵《がたき》だ。どっちもお互い生命を狙《ねら》ってる。しかも、おめえはその辺の殺し屋なんかより万倍も危《ヤベ》え。今だって、指一本動かしゃおれを殺《ばら》せるだろう。それが、好きだって？　寝言は寝てから言え。殺《や》りたきゃさっさと殺りやがれ――うっ？」

激しく身体《からだ》が震えた。それは凄《すさ》まじい快楽の噴出をもたらした。

女の手が股間に触れたのだ。

「あんたが化物と呼ぶ女とのセックスがどんなに凄まじいものか、あんたの身体で実感するといいわ」

2

それから、矢潮は熱泥のごとき女の柔肉に包まれて悶《もだ》え抜いた。数百匹の濡《ぬ》れた蛇が這《は》い廻る感覚が男根に絡《から》みつき、乳首を固くする。肛門も同じだった。

「おめえは……蛭《ひる》か……」

と呻《うめ》いた。

「どうかしら？」

マキの声はあらゆるところから聞こえた。眼を凝《こ》らしても、霞《かすみ》がかかったような視界には、蠢《うごめ》く熱い肌の一部や息を呑《の》むくらい豊かな乳房、脂肪と肉の震える尻ばかりが刻々と変わり、淫蕩《いんとう》な美貌《びぼう》は少しも窺えない。いや、確かに何度か目撃しているはずなのに、記憶の外へ弾《はじ》き出されてしまうのだ。記憶してはならないとでもいう風に。

恐るべき事実に戦慄《せんりつ》したのは、数度目の射精を終えてからであった。放出の快楽に浸《ひた》るのも束《つか》の間《ま》、根元まで吸い込まれた男根は、妖異な舌の動きが加わっただけで呆気《あつけ》なく勃《ぼつ》起《き》し、数秒と空《あ》けずに射精に到るのであった。

「な……何が……目当て……だ？　人をこんな……目に……遭《あ》わせ……やがっ……て……」

「天国なら何度行ってもいいでしょ。あんたが気に入っただけよ。なんて言ったことがバレたら、亭主に八つ裂きにされかねないけど」

「ふざけ……る……な……八つ裂き……になるのは……真田の……ほうに……決まって……ら……。この化物が」

「あーら、ご挨拶ね」

そして、蛇とも蛭ともつかない女体は、またも男の身体の上で妖《あや》しく蠢きはじめ、矢潮は何もかも忘れて没頭してしまうのであった。

熱泥は波と化していた。盛り上がり、崩れ、快楽の泥で矢潮の内臓まで焼き尽くしてしまう。ついに矢潮は失神の闇《やみ》に呑み込まれた。

気がつくと、マキの姿はベッドになく、シャワーの音が聞こえていた。

あの奔放《ほんぽう》な女体に貼りつく水滴や、揉《も》みほぐされる乳房、桜色に上気する尻を想像して、いやらしく相好《そうごう》を崩しながら、矢潮は女の顔を憶《おも》い出そうとして、また果たせなかった。

違う。

顔は見たのだ。確かに見た。それなのに何も浮かんでこない。必死に記憶を辿《たど》った。

かかった。

八方へ伸ばした記憶の鉤《かぎ》に、小さな断片が引っかかったのだ。

あの女の顔は――違った。誰と違う？　何と違う？

　──あの女自身と、だ
　そのとき、バスタオル一枚のマキが浴室から戻ってきた。

　タオルの縁《ふち》からはみ出した乳と陰毛がのぞく下半身から、拭《ふ》き損《そこ》ねた湯滴がしたたり落ちている。

「お加減は？」

　尋ねる声を耳にした途端、矢潮はまたもこわばりが跳ね上がるのを感じた。

　どうやってそれを見抜いたのか、

「大丈夫そうね」

　とマキは近づいてきた。笑っている。途方もなく色っぽい笑顔だ、と矢潮は自分に言い聞かせた。

「まだイケる？」

「冗談じゃねえ」

　矢潮は夢中で叫んだ。これ以上、化物女の好きにさせたら、殺されてしまう。

「──まだ一〇〇回はイケるぜ」

　宣言してから血の気が引いた。この化物の妖術か⁉

「あーら、嬉しいこと」

　白い腕が矢潮の首に巻かれた。

　バスタオルが落ちた。宿敵の女房の乳房とぬめぬめした腹部を眼にしただけで、矢潮はまた勃《た》った。


　午前一〇時。曇天であった。

　雲よりも天が重暗く見える光の下を、仮面の男が歩いていた。

〈落合〉の「久米造花」は、まだ立ち入り禁止テープが玄関先を囲んでいる。

　警官も二人いた。

　仮面の男が名前を告げると、警官は敬礼し、伺《うかが》っておりますと応じて、彼を通した。

　男は母屋《おもや》には入らず、まっすぐ倉庫の焼け跡へと足を向けた。

　五人の刑事の生命を奪い、少女ひとりを発狂させせた無惨《むざん》な戦いの結果は、黒い残骸《ざんがい》となって暗鬱《あんうつ》たる空の下に堆積《たいせき》していた。

焼け跡に入っても、男は何の感慨も示さず、黒い梁《はり》やブロックの山の間を抜けて、焼け跡のやや南寄りの床上で足を止めた。

鉄骨を蹴《け》ると、反対側の隅《すみ》まで軽々と転がっていった。凄まじい脚力である。

床には縦二メートル、横一メートルほどの鉄扉《てっぴ》が嵌《は》め込まれていた。

男はその上に屈《かが》み込んで扉のカバーを開け、内側のダイヤルを数度廻した。

地の底でモーター音が重く鈍《にぶ》く鳴りはじめた。

鉄扉はゆっくりと南側へスライドし、コンクリの階段を露《あら》わにした。開ききるまで待たず、男は階段を下りて下方に消えた。扉は開ききると同時に閉じはじめた。

地上から漏《も》れる光が完全に遮断《しゃだん》されたとき、秋ふゆはるは白い仮面を前方の荒野に向けていた。


白い人工照明の下に、土色の広がりが視界の果てまで続いている。単なる土で埋め尽くした空間ではない証拠に、ひどい虚《むな》しさのような気が濃霧のごとく充満していた。どこまで歩いても、同じ光景が続くばかりだろう。まさしくここは荒野だった。

黒い土を踏んで、ふゆはるはある地点に立った。階段からは一キロも離れている。

緑の雲のような茂みの中に、蒼《あお》い光が点《とも》っていた。

一輪きりの薔薇《ばら》を折り取って、ふゆはるはシャツの右袖《そで》のボタンホールに挿《さ》した。

背後から、声が追ってきた。

「たった一輪のために、肥沃《ひよく》な土地が永久に死の土地に変わる――罪作りな話ね」

「どこから入ってきた？」

とふゆはるは訊《き》いた。声の主――真田マキは、そのかたわらに立った。

「あなたと一緒によ。わからなかった？」

この女ならやりかねない。そう思ったのか、ふゆはるは応じず、

「尾《つ》けていたのか?」

と訊いた。

「いいえ、ミステリ的思考よ。あなたが一七時に〈コマ劇〉であたしと会うまで、何をやらかすか論理的に推理してみたの」

真紅《しんく》のワンピースに身を固めた妖女は、厚めの唇を舐《な》めた。

「メギルを警察へ突き出したのはあなたじゃないわ。ギリギリのところで警察の介入があったんでしょ。でなきゃ、あなたは絶対にとどめを刺しているる。とにかく、あなたは勝った。でも、互角の条件なら、不意を衝《つ》いても相討ちのはず。仮面はそう伝えたわ」

仮面とマキは言った。しかし、この女の面はどこにある?

「仮面の言葉は鉄。なのにあなたが勝利したのは、そのための準備を整えておいたからでしょう。普通なら次の戦いにもそれを流用するだろうけれど、そんな余力を残したままで、メギルをKOできるわけがないわ。となれば、また新しい準備をしなくちゃならないわね。ここへ来るだろうと踏んだのは、『久米造花』の地下には巨大な花畑があって、そのくせ咲いている花は一本きりだと、情報屋に聞いたことがあったからよ。しかも、調べてみたら、『花壇』のメイン・クライアントがAWSフラワーだときたわ。花の正体は一発でお見通し。で、ひとつ用事を済ませてから張ってたら、案の定ってわけ」

恐るべき名探偵は、妖艶に片眼をつぶって見せた。

「ふふ、迷惑? でも、必要な品は揃《そろ》ったんだからいいでしょ。ね、どうして〈旧フジTV〉へ、それ持っていかなかったの?」

「花が咲ききるのは、今日の一七時だった」

「それでか」

マキは納得した。それから、

「それだけ？」

と訊いた。

「もうひとつある」

この妖女を味方と認めているからか、ふゆはるも隠しはしない。

「第四の仮面だ。だが、それは打ち手に断わられた」

「あらま」

「世界を破滅させかねない戦いに加担するのは嫌だそうだ」

「極《きわ》めて常識的な線ね。まともな打ち手だわ。ね、ひょっとして、その人——神祇沙奈って娘じゃない？」

仮面の奥でふゆはるの眼が光ったようである。

「そうだ」

「ははあん。人間の縁って不思議なものね。ちょっとお、そんな眼で見ないでよ。何もしてないし、これからもしないから」

話題を変えるつもりか、マキは花畑の方へ眼をやった。

「しかし、花畑までアララト山の頂《いただき》そっくりだなんて、あなたも物好きね」

「薔薇を植えたら自然にこうなった。他の花の場合は尋常だから、この一輪だけ特別というわけだ」

「メギルを殺せる？　それと——あたしを？　ふふ、冗談よ冗談」

「そのために植えたわけじゃない。だが自然とこうなった。花にも特別な運命というものがあるらしい」

「何にせよ、幸運を与えてもらいなさい」

マキは妙な眼つきになって、

「そこにいる鼠《ねずみ》さん、出てらっしゃい」

と声をかけた。

二人の背後で、それまで固まっていた気配の塊《かたまり》が、はっと動いた。

そちらへ一歩を踏み出そうとするマキを、ふゆはるは胸前へ手を突き出して止めた。

「放っとくの?」

「出入口は母屋にもある。『久米花壇』の家族か縁者だろう。これ以上、人死には出したくない」

「あらあら、気弱なこと」

それでも進もうとする妖女の髪が、ぐいと後ろへ引かれた。

「ちょっと——痛あい」

「よせと言った。わからないか?」

「はいはあい。わかったから、離して」

別段、不貞腐《ふてくさ》れた風でもなく、マキは大人しくなった。逃げ出した瞬間からほとんど聞こえなかった足音の主は、すでに気配も絶っている。

「立ち聞きされたわよ、記憶ぐらい消さないと」

「何もするな」

「はいはい」

「用は済んだ。後は五時だぞ」


マキは肩をすくめて、ふゆはるの手にした蒼い薔薇を見つめた。

「触ってもいい?」

「おまえがよければな」

「じゃあ、ちょっと」

気取った手つきで茎《くき》に触れた刹那《せつな》、短い悲鳴を上げて、マキは引っ込めた。

押さえた人さし指の腹から赤い点が盛り上がり、たらたらと床へ筋を引いた。

「その花、牙《きば》があるわよ」

「おれ以外の契約者が嫌いなんだろ」

マキは真っ白いハンカチで指を巻いた。みるみるワンピースと同じ色になった。

「あなたが育てた花はあたしが嫌い。でも、いいわ。手の内は見せてもらった。協力するわよ」

「ひとつ断わっておく」

「裏切るなって? ご安心」

「メギルを斃《たお》したら、おれとおまえが残る」

「百も万も承知よ。同盟が切れたら敵同士ってこと」

「準備は整えておけ」

「はいはい。何もかもみいんなチャラにしとくわ。じゃあ、お先に失礼」

マキが階段を昇って去ると、ふゆはるは改めて手にした薔薇を見つめた。

「おれはこれ、メギルはバッグ、そして、あの女は？　今夜、〈歌舞伎町〉が教えてくれるか」

3

真田は怒り狂っていた。マキがいないからであるが、メモが残っていた。
よりによって、
男と寝てくるわ
いま始まったことではない。人間以外の女房の性欲が、人間離れしているのは当然だと思っていた。
しかし、自分と行なうときの凄まじい反応と攻撃的行為を思い出すと、嫉妬《しっと》で脳味噌《みそ》が沸騰《ふっとう》してしまうのだ。
——あれをしていいのはおれだけだ
それを他の男が満喫している。
——許せねえ
で、真田は荒れた。矢潮をおびき出して手ずから始末しようと思ったのも、半分はそのせいである。
その結果、警察の眼を避けて逃げまくる羽目《はめ》とはなったが、矢潮の泣き顔を見ただけで、少しは溜《りゅう》飲《いん》が下がった。そこでいい、とならないのが真田正之という男である。
現在のアジトに移るや、矢潮の殺し方を考えた。警察にいる限り、手を出せば倍返しどころか百倍になって戻ってくる。被害者である以上、いつか釈放される——そのときを狙う手だ。唯一の問題点は、矢潮が過去の罪状を自白する代わりに保護と訴追中止を求める、いわゆる司法取引だが、これはないと踏んでいた。ひとつでもバラせば芋づる式に別の罪も白日《はくじつ》の下《もと》にさらされる。結果は取引不能——問答無用で逮捕、裁判と進むのは明らかだ。〈新宿警察〉は、新宿警察ではないのだった。

矢潮は釈放後、どこかに身を隠す——そこを探り出して始末する策を選ぶべきだった。

だが、それでは今の怒りと嫉妬を呑み込んで悶死《もんし》する他はない。

真《ま》っ平《ぴら》だ。

真田は悶々とマキの居場所を探した。外部の人捜《さが》し屋に依頼したのである。三時間経過しても結果は出なかった。

怒りのストレスで脳が赤熱《せきねつ》しはじめたとき、電話がかかってきた。

「あたしよ」

とどこかでマキが言った。

「て、てめえ!?——どこにいる?」

「いいとこ」

「おい」

「矢潮と寝たわ」

「な、なにィ?」

「脳卒中はやめてよ。新鮮だから、あなたの十倍もよかったわ」

「あああの野郎、死に損《ぞこ》ないが、よよよくも」

ここで気がついた。

「て、てめえもてめえだ。あんな野郎と、よくも。しかも、ぬけぬけとてて亭主のおれに……」

「だから、腑抜《ふぬ》けにしといたわよ」

マキの声は艶《あで》やかに笑った。

「今なら、簡単に斃せるわ。早いとこ行きなさい。〈大久保病院〉は知ってるわね?」

マキが伝えたのは、矢潮のアジトだった。

真田の全身に活力が漲《みなぎ》った。全身をひきちぎられて泣き叫ぶ矢潮の姿が心の網膜に映《うつ》っている。

「野郎め、今度こそ逃がさねえ。おれの女房を寝取った前科は死刑で償《つぐな》わせてやるぜ」

「そうよ、頑張って」

　マキの声は笑っているようであった。この妖女には、夫の生命を賭けた死闘も他人事《ひとごと》なのかもしれない。

「よっしゃあ――これから執行に出る。それと、よおく聞いとけ、マキ。帰ったら、おめえもお仕置きだ。当分、他の男のものなんざ欲しがるのも忘れるくらいの目に遭わしてやらあ」

「はは、期待してるわ。そこのお嬢ちゃんにも、そう言ってやれば？」

　真田が呆然《ぼうぜん》とする前に、電話は切れた。

　シーツの右隣《どなり》を見る真田の眼には、怯《おび》えの色が揺れていた。

「――どうしたの？」

　うつ伏せていた蛇のような女性が、ぬうと上体を起こした。腕一本使わぬのも蛇のようである。白い腕が真田の首と胸に絡みついた。

　なんと、そのまま全裸の女体は自身の胴も腿《もも》も、骨などないもののように、いや、まさしく白蛇のごとく、真田の巨軀《きょく》に巻きついたのである。

　二十歳《はたち》前後と思《おぼ》しい若さと清楚《せいそ》さに溢《あふ》れた顔立ちだから、不気味この上ない。真田正之は、蛇女を情婦にしていたのである。

「で、出かけてくる。おまえも帰れ」

「あら。出かけられるんですか？」

「急ぐんだ。後でな」

　女は身をくねらせた。それが男の身体にどんな刺激を与えるものか、真田は総毛立った。みるみる膨張した剝《む》き出しの器官を、女はそこだけ血のように紅《あか》い唇で、ぱくりと飲み込んだ。

「おおぅ」

　じゅる、と吸われ、じゅぶじょぶっとしゃぶられて、真田は女の頭を抱えた。

　押し放すところを押しつけて、

「い、いい」

呻くと、女は巧《たく》みに顔をずらせて、

「これでも行く？」

「後にしよう」

すぐに、二つの身体が溶け合う熱い呻きが、室内に蕩《と》けはじめた。


それから約四〇分後、真田は目的地に辿り着いたが、矢潮の姿はそこになかった。彼は激昂《げっこう》し、妻と矢潮が使ったと思《おぼ》しいベッドを壁に叩きつけ、隣人からの連絡で駆けつけた警官に追われる羽目になった。


その男がやって来たとき、沙奈は急に世界が愛《いと》おしく思えた。

決して好きではないが、天稟《てんぴん》だけでこなしてきた面づくりの仕事も、いつも蒼いたそがれに包まれているような仕事場も、影のように歩く弟子たちも、しみじみと胸に染《し》み込んできた。

「あとひと打ち」

だが、彼女は口にしたきり、台上の面を両手で捧《ささ》げるように持ち上げ、南側の板壁に向かった。

壁のほぼ中央、床から一メートルほどの高さの一点を強く掌《てのひら》で押すと、かちりと鳴って、幅一メートルほどの正方形が浮き上がった。

その部分に指をかけて引いた。すると石の壁面とそこに嵌《は》め込まれた古風な金庫の扉が現われた。南面の壁は石を木の板で覆《おお》ったものだったのである。

二個のダイヤルを合わせ、解錠音を確かめてから、ハンドルを摑《つか》んで開けた。

三段に分かれた中下段にひとつずつ木彫りの仮面が入っていた。凄まじい凶相は人間のものではなかった。

「〝守りの夜叉面《やしゃ》〟」

と沙奈は話しかけるように名前を呼んだ。

「あとひと打ちの面を加えます。完成させれば、こ

れは訪問者に挑むでしょう。何事もないよう守って
やっておくれ。最後のひと打ちは、私が――必ず」

そして、未練気もなく扉を閉め、ダイヤルを出鱈目《でたらめ》に動かしてから、板壁の上をもう一度押した。

板壁には筋一本残らなかった。

扉が叩かれた。弟子が案内してきたのだろう。用件と名前を聞いて、沙奈は仕事場へ通しなさいと告げたのだ。

入ってきたのはチャコール・グレイのコートを着たアラブ系の壮漢であった。

何かを感じたのか去りがてな弟子へ、行きなさいと伝えて、沙奈は板の間に正座し、一礼した。

「沙奈でございます」

「メギルと申します」

男の声は静謐《せいひつ》以外含まれていなかった。暮れていく夏空に似ている、と沙奈は思った。

「ご用件は伺いました。面の修繕には時間がかかりますが」

「今日――午後六時までにお願いしたい」

メギルは淡々と口にした。沙奈が呑むとわかっているかのように。

「無理だと思います」

メギルは無言でコートの内側から一個の面を取り出した。

左右黒白の面である。

「――それは……」

声より先に手が前へ出た。

メギルが近づいて手渡した。

艶やかな表面を見て、

「縦に割れていますね」

沙奈は立ち上がって作業場まで戻り、面を載せた。

しばらくある思いを込めて見つめてから、

「どうして、ここへ?」

と訊いた。

「〈新宿〉一の面づくりと聞きました。それに、秋

ふゆはるの面も打つ、と」

すでに自分が天地をどよもす大渦の中心に巻き込まれていることに、沙奈は気づいていた。そして、渦は突然終焉《しゅうえん》するはずであった。死によって。

「修繕はお断わりいたします」

「それは――」

「秋さんの面を打つこともお断わりいたしました」

鋼《はがね》の答えであった。メギルは眼を閉じた。

「その面は、そのままでもふゆはるの面に勝つ。拒《こば》んでも同じだ。ただし、奴を斃して後、もうひとつの面には及ぶまい。おれはそれを繕《つくろ》うためにここへ来た。直してもらえないとあれば、あなたの口にした内容は嘘だとして、処断しなければならん」

内容とは、ふゆはるの面も打たぬと言ったあれか。

「嘘などではありません」

沙奈は敢然《かんぜん》と言い放った。

「ふゆはるさんの面もあなたのも、私の手にかかれば、〈新宿〉を破壊する力を持ちます。それに加担するわけには参りません」

メギルは長く息を吐いた。

沙奈は、はっと台上を見た。

ない。

黒白の面を被《かぶ》りながら、メギルは一方の壁を冷たく見つめた。

南の壁を。

「その内部《なか》にある、と面が伝えてくる。あなたが断わったはずの、秋ふゆはるの面がな。今ここで処分させてもらおう。あなたの生命ともども、な」

仮面の下の眼が冷光を放った。渦の中に引きずり込まれていく感覚が、沙奈を身震いさせた。

第十章　契約履行《りこう》

1

その日、午後五時少し前に、マキは〈新宿コマ劇場〉の楽屋口から内部へ入った。

外見はともかく、内側は完膚《かんぷ》なきまでに破壊され、死霊《しりょう》や妖物の跳梁《ちょうりょう》にまかせていた〈新宿〉の名物は、ここ数年ようやく改修の気運が高まり、数百回の浄霊を経て全面改修に入り、すでに三〇回以上の催《もよお》し物をこなしている。

それでも決して〈魔震〉の呪縛《じゅばく》から脱しきれたわけではない証拠に、今なお暗い通路や倉庫、明るい楽屋やトイレで、スタッフやキャストの失踪《しっそう》、発狂は枚挙に暇《いとま》がない。

現に、舞台へと急ぐマキの足首には、床に落ちた荷物の影から湧《わ》き出た白い手が絡《から》みつき、通路の直線はあり得ない方角へとねじ曲げられていく。

この劇場はなお、異世界と重なっているのだ。


「五時ジャスト」

とつぶやいたとき、足を止めたマキの前に、秋ふゆはるが立っていた。

仮面劇の俳優か、演出者か。いずれにせよ、幕は開《あ》き、そこは舞台の上であった。

「よく来たな」

と白い仮面がこちらを見た。落ち着きと自信の波が顔を打ち、マキはすでに戦いの準備が整ったことを知った。

「時間には正確だな」

ふゆはるがマキを手招いた。

二人は舞台の中央に立った。

マキは自然に舞台の奥を眺めた。眼は何かを呑《の》みでもしたかのように驚愕《きょうがく》に見開かれた。

「これは？」

「半日で用意するのは大変だった」

「こんなものを半日で……。誰に作らせたの？」

「〈区民〉にしては愚問だな」

ふゆはるは冷ややかに切り捨てた。

「これくらいの仕掛けなら、日数を与えれば、何とでもなる。しかし、さすがに半日では半日分の成果しか出ないそうだ。それでも、メギルを斃《たお》すには充分だろう」

「だといいけど」

マキはなおも感心したようにつぶやいた。

「よくこんなものを用意しようって思いついたわね。あたしは思い出したくもないわ。本物を見たわけでもないのに、何万回夢に出てきたと思ってるの？」

「おれも見た。狂いかけるほどな」

ふゆはるは仮面をひと撫《な》でした。その動きに苦悩と——怒りが含まれていた。

「だが、すべてはここから始まった。終焉《しゅうえん》もここで迎えるべきだろう」

「迎えられるかしら？」

「おまえの体毛——みなそそけ立っているぞ。血の気はまったくない。おれもそうだ。ただの舞台装置でこれだ」

「——何とかなるか」

マキも認めざるを得ない。

「でも、これは双刃《もろは》の剣《つるぎ》よ。ささいなことで形勢が逆転すれば、すぐ私たちの敵に廻《まわ》るわ」

「そうなる前に斃す」

ふゆはるは嚙《か》みしめるように言って、光る眼をマキに向けた。

「はーい。協力することを誓います。あたしも今の生き方にはうんざりしてきたのでね」

「亭主はどうした？」

「知らない。今頃、矢潮と再会してるでしょ」

「おれの見たところ、同じ条件なら相討ちだが」

「グーよ」

マキは右手を握りしめた。

「どっちが消えてもせいせいするわ。二人まとめてなら最高」

「男は女に敵《かな》わないように出来ているな」

「そんなことないわよ。女は——男次第」

マキは前へ出た。この女の前進は厄介《やっかい》だ。

白い腕がふゆはるの首を巻いた。

「どういうつもりだ？」

「時間はあるんでしょ？」

「花屋は多忙でな」

「夫の運命がわからない人妻を慰《なぐさ》めてやろうという気にならないの？」

マキは顔を近づけてきた。

唇が木の唇に触れた。

白い蛇の手が仮面をはさんだ。

「あなたの顔、ゆっくり見てみたいわね。この面を取ったら、あたしはどうなるのかしら？」

答えはない。

「ほーら」

仮面は外された。

ひっ、と息を引いて、マキは後じさった。それ以上の叫びは口を覆《おお》う両手が抑えた。

足がもつれて床に転がる妖女へ、ふゆはるはゆっくりと近づいていった。

「来ないで、来るな——化物《ばけもの》」

「ご挨拶《あいさつ》だな」

声は仮面が出した。

マキは顔を背《そむ》けて、激しく息をついた。

「脅《おど》かさないでよ。本当に心臓が止まったわ」

「アララト山の契約を知ったときから、おれたちの立ち位置は生と死の端だ。何が死を招くかわからん。注意することだ」

「仰《おお》せのとおりよ」

ふゆはるは足下《あしもと》を見た。マキが身体《からだ》をくねらせ、彼の足首を摑《つか》んだのだ。

ふゆはるの身体を法悦の刃《やいば》が貫《つらぬ》いた。それは単なる淫女怪の与える死の快楽などではなかった。

「死ぬかと覚悟した途端に、あたしは変わったわ。生きものの性について何もかもわかったのよ。あんたのおかげね。お礼にうんとよくしてあげる」

　マキの手が膝《ひざ》から腿《もも》へと上がるにつれて、ふゆはるの全身は瘧《おこり》にかかったようにわなないた。その九穴《きゆうけつ》から官能の炎が噴出したことを誰が知ろう。

　仮面の前に黒い水から現われるようにマキの顔が浮上した。

「あんたの心臓も止めてあげる。アララト山の契約に従って」

　マキの唇が仮面のそれに重なった。

　ふゆはるが、かすかに呻《うめ》いた。硬木の唇は軟体動物のようにねっとりととろけたのだ。

「どうなるのかしらね、この街？」

　とマキが呻くように言ったのは、床の上に倒れた後だ。

「なんだか、あたしたちのために、この日のために作られた街のような気がするわ」

「アララトとノアのために、か？」

「違う？」

「わからん」

「知りたくないわ。あなたも？」

「ああ」

　重なり合った影はある動きを開始した。

　その周囲で大渦が巻きはじめた。

　舞台の奥に描かれた絵は峨々《がが》たる岩山の頂《いただき》であった。その彼方《かなた》にひとすじ――白い稲妻《いなずま》が虚空《こくう》と大地とを結んだ。

　いったんは滅びた大伽藍《だいがらん》の舞台上で、妖《あや》しくも熱い錦絵《にしきえ》のような光景が繰《く》り広げられたのは、この街がこれから味わう狂態の嚆矢《こうし》であったろうか。
　夏の午後五時――光なお世界に満ち、熱気いまだ去らぬ〈魔界都市〉を異変の波状攻撃が襲った。
　まずは――天。
　突如、黒雲の密集した空から、眩《まばゆ》い稲妻が虚空を貫《つらぬ》き、獅子《しし》の怒号にも似た雷鳴が大地をつんざいた。

その落下地点で火球が膨《ふく》れ上がるのを見る前に、前触れもなく降りだした雨。その勢いは為《な》す術《すべ》もなく打たれた人々の手を腫《は》らし、顔を腫らし、路上駐車の車体をも震わせた。

「ひでえや。こら襲撃だ」

と「ドトール」の店員が叫んだのは正しかったのである。

「こら、しばらく雨やどりだ」

と言って、アイスコーヒーを一気に空《あ》けた客の口と穴――いや、耳からも眼からも肛門からも、どっと噴出した。

コーヒーが？

否《いな》――店中に広がったのは潮《しお》の香《か》であった。

「お、おい」

と立ち上がった隣《となり》の客の九穴からも黒い海水が迸《ほとばし》り、床に広がった水を叩《たた》いた。

店中に波紋が広がった。

被害が大きかったのは、各種の違法工場であった。

〈ＪＲ新宿駅〉の地下に広がる〈武器工場地帯《エリア》〉では、作業員たちが次々に熔鉱炉《ようこうろ》へ海水を浴びせかけ、灼熱《しゃくねつ》の溶鉄に飛び込む者が続出した。

作業は完全にストップした。

さらに、海洋ドキュメンタリーを放映中のＴＶ画面や、水を扱った映画を上映中のスクリーンからも、現実化した被写体が溢《あふ》れ出した。

風がダメ押しを加えた。

大空を埋めた風袋の口を神が解き放ったかのように押し寄せた風は、路上の人々や車を巻き上げ、ビル壁に激突させたばかりか、アンテナ類をすべてへし折った。

風は妖風であった。

〈歌舞伎町〉のとあるマンションで、窓外を眺めていた夫人が、夫に、

「ひどい風ね」

と漏《も》らした。

声は息が運んだ。

それは秒速八五メートルの吐息となって、夫と家具とを壁に激突させた。

隣室から駆けつけた娘は、

「ママ――どうしたの？」

と叫んで夫人を窓ガラスごと外へ吹き飛ばし、父の仇《かたき》を討った。

風が襲いはじめてから一〇分以内に、人々は声を出すのをやめ、ゆっくりと息を吐くよう努めた。言うことを聞かない飼犬や猫は閉じ込められ、間に合わない場合は射殺された。鳴き声がドアを吹き飛ばしたからである。

この場合、最大の敵は妖物であった。

それらは沈黙の狩人たちに不意を襲われて処置され、逆に見逃されたのは死霊のような呼吸に及ばない連中であった。例外は、祟《たた》る相手にだらだらと怨《うら》みごとを綴《つづ》る怨霊《おんりょう》で、こちらは無視する人々が多かった。部屋中を撥《は》ね飛ばされても、家庭用防禦服《プロテクト・スーツ》や鉄人化術を施《ほどこ》してあれば、何とかなったからである。

だが――

街路には水が溢れ、稲妻は黒い天を白く染めた。

「これは何ですかな？」

メフィスト病院最上階の特別ラウンジで、梶原《かじわら》区長は白い院長に不安な眼を向けた。それこそ蚊《か》の鳴くような声である。

急遽《きゅうきょ》訪れた相手に、

「これは〈新宿〉始まって以来の奇禍《きか》かもしれません」

ドクター・メフィストは窓の外を見つめた。深い瞳を雨のすじが横切り、稲妻が白く染めた。ケープの裾《すそ》が揺れるのは、梶原の声のせいである。

「――とおっしゃいますと？」

「これまでの危機は内部にあった――〈新宿〉自体が内包していたのです。だが、これは外から来た。

〈区外〉から。この街で生きとし生けるものたちへの配慮は微塵《みじん》もありません。ひたすら〈新宿〉を破滅させるべく全力を尽くすでしょう」

「打つ手はありますか?」

「とりあえず、街全体をドームで覆うか、〈区民〉全員を水中呼吸可能にするしかありません。つまり、不可能です。この雨と風と稲妻は——」

ここで口をつぐんだ〈魔界医師〉へ、〈区長〉はすがるような眼を向けた。

「——記憶にあります。この世に生を受ける前の記憶ですが」

「…………」

「だとすれば、いま解決策を握っているのは男女三名——秋ふゆはるよ、どこにいる?」

窓ガラスが揺れた。

ドクター・メフィストでさえ、この怪異には無縁でいられぬのであった。

2

午後五時三〇分。街路をひたす黒い水は、〈新宿コマ劇場〉の客席も埋めていた。季節をたがえたとしか思えぬ骨まで凍《い》てつかせる水の跳梁《ちょうりょう》にまかせながら、場内が限りなく熱いのは、舞台でなおも絡み合う二つの影のせいであった。

「少し眠ってたわよ」

妖しい動きを続ける女体《にょたい》が、蛇のごとき声を漏らした。

「お互い疲れているらしいな」

言葉どおりの声をたくましい男が放った。

男の腕が危険な動きを選ぶと、うつ伏せの女体は耐えかねるような喘《あえ》ぎを地に這《は》わせた。

「ああ、どうしてこんなに上手な男を、敵に廻さなくちゃならないの? ノアを怨《うら》むわよ、あたし」

「ノアは神を怨めと言うさ」

「くわばらくわばら。あーっ!?」

豊かな尻のようなものが蠢《うごめ》いた刹那《せつな》、世界は白く染まった。

舞台の奥で光る稲妻であった。

数瞬の間にそれが消失したとき、二人は舞台に立ち、戸口の方を向いていた。

ふたたび光が世界を領した。

闇《やみ》に似た照明が支配権を取り戻したとき、それは戸口にたたずむ人影に形を変えた。

「メギル」

と真田マキが運命を告げる占い師のようにつぶやいた。

「とうとう揃《そろ》ったわね、三つの仮面が。もう誰にも止められない」

メギルが近づいてきた。動きがややぎごちないのは、腿まで届く水の重量を押しのけるせいであった。

「方舟《はこぶね》が欲しいところだな」

ふゆはるが言った。

メギルは答えず、舞台に上がった。下半身のみならず、全身がずぶ濡《ぬ》れだ。理由は承知の上なのか、ふゆはるもマキも雨かとも訊《き》かない。

「おかしな小道具を用意したな」

とメギルが漏らしたのは、舞台の奥まで眼を走らせてからだ。

「芝居がかったことが趣味か。くだらん。アララトの契約を知る男が、子供じみた真似をする」

「その子供じみた誘いに乗った以上、覚悟は出来ているな?」

何気ないふゆはるの口調に、酷薄極《きわ》まりない響きがあった。

「もうバッグはないぞ、メギル」

ふゆはるに劣らぬ長身のアラブ人は両肩をすくめた。似合わぬ仕草だった。

右手がコートの内側に入った。

仮面を被《かぶ》るまで、ふゆはるは待った。メギルが黒白の顔に変わった瞬間、その眉間《みけん》に蒼《あお》い薔薇《ばら》が突き立ったのである。

彼は膝《ひざ》をゆるませ、不様《ぶざま》によろめいた。その手が花にかかり、音もなく引き抜いた。

「確かに『異形艙《いぎょうそう》』の積荷だ。おれの生気は残らず吸い取られ、この仮面でさえ為す術はなかったろう。ただし、この花に生命《いのち》があれば」

メギルは拳《こぶし》を握ると、つぶした薔薇を足下へ投げ捨てた。ふゆはるの武器は失われた。

「ごめんなさい」

立ち尽くす彼の背後で、マキが遠い眼をした。

「さっきあなたが眠った隙《すき》に、花を嚙《か》んでみたの。あたしの血には、あらゆる物理現象を逆転する成分が流れているのよ。それが私がノアから授かった力の持ち主から伝えられた技。その花にはメギルを斃す力《パワー》はもうないの」

「おれより先に手をつないでいたというわけか？」

ふゆはるの声には動揺も怒りもなかった。事前にマキの裏切りを知っていたわけでもない。生きるということは、あらゆる——無限の可能性に身をひたすのだと、熟知しているのだった。

「そ。あなたが私の家へ電話をかけた、その一時間ばかり前に、私とメギルの話し合いは終わっていたの」

メギルが近づいてきた。ふゆはるは動かなかった。その両足首は、マキの手に握られていた。

「後は仮面同士の戦いね。悪いけど一対二で試してみて」

蹴《け》り離すこともできないふゆはるの前方で、メギルの拳が閃《ひらめ》いた。

鳩尾《みぞおち》に当たった。二発目が鈍《にぶ》い音を立てた。くの字に曲がったふゆはるの顎《あご》に、

「あらあら、お互い武器が使えないとなると、残るのは原始的なやり方なのね」

「手を離せ」

とメギルが告げた。

「え？　まだ生きてるわよ」

「離せ。おれは卑怯《ひきょう》な真似は好かん」

「二発も殴って？　きゃっ⁉」

マキの手を蹴り飛ばした足を元の位置に戻して、メギルはよろめくふゆはるの胸もとを摑んだ。

その手首をふゆはるの手が下から押さえた——と見る間に、コート姿は大きく回転して頭から床に落ちた。

「——⁉」

マキが瞬《まばた》きをする間に、メギルの身体は三度、激突した。そのたびに舞台の床に亀裂が広がった。

抵抗を示さなくなったメギルの仮面を、ふゆはるの空《あ》いているほうの手が摑んだ。

凄まじい力が指先から迸り、仮面をきしませた。

勝敗が決まったような二人を、稲妻が白く染めた。

ふゆはるの背後に真紅《しんく》の影が忍び寄って、仮面をきしませる手首を摑もうとした。

その鳩尾が異様な音を立てて、マキを吹き飛ばした。

後ろ蹴りの姿勢から足を戻して、ふゆはるはなおも手に力を込めた。黒白の面は限界までたわんでいる。

勝利を確信したか、彼はさらに背後で、身を二つに折って悶《もだ》え苦しむ妖女に起こっている事態に気がつかなかった。

舌と胃液を吐きつつ、マキは右手を額《ひたい》に、髪の生《は》え際《ぎわ》に掛けたのだ。

めりめりと、顔の皮膚《ひふ》が剝《は》ぎ取られた。

ふゆはるを化物と罵《ののし》ったが、今の自分は何なのか。ふゆはるもメギルも解けなかったマキの仮面の正体はこれであった。

まさに肉面。

剝ぎ取った血まみれのそ<ruby>れ</ruby>を、彼女はふゆはるに投げつけた。

狙いたがわず、血の糸を引きつつ飛んだ肉面は、ふゆはるの後頭部へ命中した――いや、貼りついた。後ろ向きに！

誰ひとり想像し得なかった事態とはこれであろう。ふゆはるは前後に二つの面を被った。

後頭部に手を当てて引き剝がそうとしたが、敵はびくともしなかった。

彼の前にずいと人影が立った。

メギルは右手を振りかぶった。拳は細い鑿《のみ》を握っていた。

「きさま――それは!?」

「〈新宿〉一の面づくりの仕事場から持ってきた」

「――あの娘に何をした？」

「――何も」

言うなり、メギルは鑿を振り下ろした。

白光が舞台を包み、三人は朧《おぼろ》な影と化し、それも光に溶けた。

やがて、それが薄れ、世界の色彩《いろ》を取り戻したとき、台上に横たわる秋ふゆはるを見下ろしながら、

「終わったわね」

と真田マキがつぶやいた。二つに割れたふゆはるの面は、その足下に転がっていた。

「本当か？」

メギルの声に、マキはかぶりを振った。

「そうか。まだ残ってるわね、二つ」

「決着は後でつけよう。おれはその前に果たさなくてはならない仕事がある」

「うちの亭主の始末？」

「そうだ」

マキの喉《のど》もとにメギルの手が伸びた。

しかし、それは虚《むな》しく空気を握りしめ、四方を見廻した最後に床へ眼をやったメギルは、舞台の上手《かみて》へと遠ざかっていく布団《ふとん》を見た。

「あれが本性《ほんしょう》か。人の姿は仮とみえる」

彼は床上のふゆはるへ眼を移した。

「女の力を借りて勝っても、勝利とはいえまいが、いずれこの世界をこの面の望むとおりにしてから、

再度決着をつけるために甦《よみがえ》るがいい、秋ふゆはる。それまでは、おれの勝ちとさせてもらうぞ」

片手を天に突き上げ、彼は咆哮《ほうこう》した。勝利とも希望とも無縁の叫びであった。稲妻はなおもかがやき、舞台に空しく描かれたままの巨大な絵を、束《つか》の間《ま》の勝者の背後に浮かび上がらせた。

巨木を組んだ船体を瀝青《アスファルト》で塗り込めた伝説の方舟を。

午後六時、〈歌舞伎町〉の「クラブ・セイント」でパーティーは挙行された。

会場入口の垂れ幕には、

財賀猛留《ざいがたける》先生快癒記念パーティー会場

とあった。

〈新宿〉を〈区外〉の街々と等しく考えれば、これは〝裏社会〟で知らぬ者はない大物の、病床からの復活を祝う祝賀会であり、出席者は表社会の錚々《そうそう》でありながら、決して円満穏和な集まりとはいえぬ代物であった。

招かれざる男が二人、これに加わろうとしていた。

どちらもパーティーが終わるまで待つなどという考えは、最初《はな》から持ち合わせていなかった。で、ひとりはクラブの従業員を昏倒《こんとう》させた上で、用意の「カメレオン・スーツ」を身につけて、顔のみか、外見、身長まで変えて会場へ侵入し、もうひとりは武器を片手に堂々と乗り込んだのである。

ただし、それにはまだ時間がかかる。

目下《もっか》、パーティーは友人、知己《ちき》、その他の祝辞が終わったばかりであり、今日の主賓《しゅひん》たる財賀猛留老人の挨拶が始まったところであった。血と硝煙《しょうえん》とレーザー入り乱れる騒動までは、まだ一〇分以上かかる。

いかにも高級な和服に身を固めた財賀老人は今年九十歳、あの戦争も〈魔震〉も乗りきってきた強者《つわもの》だが、その底力は〈新宿〉での権力闘争に発揮され、五年ほど前から〈新宿〉最大最強の暴力組織を操《あやつ》る黒幕と認められた。

それが得体の知れぬ病《やまい》に冒《おか》されたのは、五年前——"裏社会"の制覇と同じ頃である。

原因不明の衰弱と、それに基づく老化——としか診断できぬ奇病は、瞬《またた》く間に八十を過ぎてなお矍《かく》鑠《しゃく》としていた財賀の腰を曲げ、髪を白く染めて、深い皺《しわ》を顔中に刻んだ。

そして今、この国の標準語とどこの国のものとも知れぬ言葉を、礼のつもりかごちゃまぜに流しつづける老人の、顎鬚《あごひげ》まで白く長い老醜を見て、人々は今日の集まりが、老人以外の者はみな不賛成だったと理解したのだった。

不可解な挨拶が終わったとき、老人が最も可愛がっていた部下が現われ、遅延を詫《わ》びてから老人を讃《たた》えはじめた。

最初の一〇秒で、客席からこんな声が上がった。

「おい、矢潮、なんだその嗄《か》れ声は？　てめえ、死に損《ぞこ》ないか？」

「ひょろひょろしやがって、まさか会の前におかしな店行ってきたんじゃねえだろうな？」

矢潮は声の主の方をにらみつけたが、隈《くま》で縁《ふち》取《ど》られた眼と、肉を思いきり削《そ》がれた頬《ほお》が、迫力を失わせていた。

何とか怒りを抑えて、祝詞を続けようとした彼の肩を、老人斑《はん》だらけの手が叩いた。

「——師匠？」

「わしを連れ出して、車に乗せろ。おまえは、そのためにここへ来た」

矢潮は眼を剥《む》いた。少し前、真田の女房に犯され、ほとんどミイラ状になったものの、財賀のパーティーに欠席した責めを受けたら、こんなものじゃ済まんと、血を吐く思いで脱出。何とか駆けつけたのである。それが、老人を車へ乗せるために来たと、きた。

「師匠——どういうこってす？」

「二人の男がこの会場に忍び込んでくる。その片方がわしの正体に気づくじゃろう」

「師匠の——正体？」

と声に出してから、この爺《じい》さんの訳のわからない言葉を、きちんと理解していることに気がついた。

その肩をいちばん手近な扉の方へ引いて、

「行くぞ、矢潮」

と財賀老人は、杖《つえ》をつきつき歩きだした。

ざわめきの渦が広がる会場を気にしつつも、矢潮は保護役を務めざるを得ない。

その前に肉の壁みたいな大男が三人も立ちふさがった。

「先生——どこへ？」

と眉《まゆ》を寄せる頭上へ、財賀の杖が躍《おど》った。老人のひと打ちで、男たちは呆気《あっけ》なく崩れ落ちた。

廊下に面した奥の扉が開いたのは、このときだ。会場のどよめきのせいで、受付で生じたトラブルには誰も注意を払わなかったのである。扉は巨漢を吐いた。真田——と近くにいた誰かがその名を呼んだ。

両手に構えたＭＰＣＷＳ《マルチ・パーパス・コンバット・ウエポン・システム》（多用途戦闘システム）が火を噴《ふ》いたのは、その刹那であった。

反動消却装置付きのボディを凄まじい膂力《りょりょく》が支え、シャワーのように噴出する三・六ミリ・フルメタル・ジャケットの銃声を、単三電池ほどの消音器がささやきに変える。

入室した瞬間、真田は矢潮の姿を捉《とら》えていた。財賀が近くにいる、とわかってもためらいはしなかった。妻を寝取った男を蜂《はち》の巣にすること以外、憎悪に煮え狂う頭には浮かびもしなかった。

銃口と舞台とをつなぐ射線上の出席者は、打ち合わせでもしてあったかのように、規則的に倒れた。

3

「師匠、こっちへ」

　矢潮が扉の前に辿り着いたとき、真田の銃口が二人をポイントした。

　その銃身が天井へねじ向けられると同時に、もう一本の手が背中を一撃して、前方に位置する心臓を停止させた。

　訳もわからず逃げ惑《まど》う人々に一礼した救世主は、小柄な若いボーイだった。彼は小走りに、逃亡した二人の後を追いはじめた。

　戸口でその背中に灼熱《しやくねつ》の球体が吸い込まれた。三〇ミリ火炎榴弾《フレア・グレネード》は、ボーイの上半身を数万の燃える破片に変えて、八方に撒《ま》き散らした。誰もがそれを見た。

　それからホールの中央で二挺《ちよう》のＭＰＣＷＳを構えて仁王立《におうだ》ちになった殺人者を捉えた。

「化物が」

　と漏らしたが、それは彼のほうだろう。その心臓はすでに停止していたからだ。真田であった。

　物理的レベルを超えた生命力が肉体を立たせているとしか思えない。彼は蒼白な顔で両手の武器をポイントした。その直線上にボーイがいた。いや、コート姿の背が。榴弾の炸裂《さくれつ》によって「カメレオン・スーツ」は破れ、正体を露《あら》わしたメギルにちがいない。だが、彼の上半身はどんな姿であれ、焼け爛《ただ》れた肉片と化して四散したばかりではないか。

　怪奇現象には慣れっこの〈区民〉たちも、奇蹟としか名付けようのない光景を前に立ちすくむばかりだ。

　メギルがふり向いた。

　傷ひとつない身体は、黒白の面をつけていた。

　真紅の光条がふたすじ、眉間を貫いた。一万度のレーザー・ビームは、背後の扉ごとメギルの身体を縦に割った。

「残念だったな」

メギルの静かな声が、ホールを丸ごと静寂で包んだ。

「おれを殺すには、おまえの女房の力がいる。あの女は今、ふゆはるといるよ」

言うなり、彼は手近のテーブルに右手を伸ばした。

振りかぶって投げる動作は誰の眼にも映《うつ》らなかった。

メギルが放ったのは平凡な銀のフォークであった。真田の喉《のど》を貫いたそれは、巨体ごと宙を飛んで、一〇メートルも離れたホールの壁に彼を縫《ぬ》いつけた。壁に食い込んだのは、わずか数センチであろうに、彼は串刺《くしざ》しになった。

「これで依頼は果たした。少し遅れたが、それは依頼主がおれを警察に売った分で相殺《そうさい》してもらおう」

こう言い放ってメギルは身を翻《ひるがえ》した。

なおも凍りついたままの沈黙の会場で、人々は壁から飾りもののようにぶら下がった巨軀《きょく》を、シラけきった眼で見つめていた。

ボディぎりぎりまで水に浸《つ》かって走るタクシーを拾うや、ある場所を告げた。それから、なぜ自分はそんなことを口にしたかを自問した。彼を摑んで離さぬ財賀老人のせいか?

矢潮はある疑いを抱いたが、それを口にはできなかった。それ以前、二人して会場を脱け出したときから、彼はその人間性の裏まで知り抜いているはずの老人が醸《かも》し出す妖気に、精神を絡め取られているのだった。

二人を乗せたときから、黒い海水を噴いていた運転手は、目的地に着くと同時にハンドルに突っ伏した。身体は軟体動物のように、ハンドルに絡みついた。

外へ出た二人の腰の下で水がどよめき、広い玄関が迎えた。その上には〈新宿コマ劇場〉とあった。

「師匠——どうしてここへ⁉」

さすがに立ち尽くす矢潮の肩を、枯木のような指が万力の力で摑んだ。彼は声もなく水を掻《か》き分け、劇場の内部へ入った。

舞台の上に布団が敷かれていた。そこから、まぎれもないマキの声が、

「あら、矢潮さん。あなたがここに来たってことは、うちの亭主《ひと》、殺《や》られたのね。なら、じきにメギルも来るわ」

「一体、何がどうなってんだ。おれにはさっぱりわからねえ。少なくともおれの依頼は果たされた。おまえらとはもう無関係のはずだ」

「そうはいかないようね」

と布団の内部《なか》のものが答えた。

「あなたが彼とここへ来たのがその証拠よ。その顔じゃ何もわかっていないのね」

矢潮は両手を広げて舞台を見、それから財賀を見つめた。もう彼の知っている財賀でないのはわかっていた。

青白い顔は今や砂漠か海洋をさまよっていたかのような赤銅《しゃくどう》色を呈し、〝裏社会〟一の激烈な凶相と言われた顔は、遥《はる》かに凄まじい威厳を備えたものに化けていた。

「よくここへ連れてきてくれた」

彼は奇妙なアクセントで礼を言った。

「もうおまえには用がない。どこへなりと行くがいい」

手は肩を離れた。

矢潮は一度よろめき、それきり二人の方を見もせずに扉の方へ水を掻きはじめた。ここが自分のいるべき世界でないことはよくわかっていた。

そちらには眼もくれず、財賀であった人物は、杖をぎごちなく操《あやつ》りながら舞台の方へ向かった。

端に階段がある。そこまで辿り着くと、生白《なまじろ》い腕が差し伸べられた。

真紅のワンピースを着たマキは、いつもと変わら

ぬ妖艶な表情で、老人を舞台へ引っ張り上げた。

「ひどい雨」

と言ってから、こう続けた。

「――でも、あなたにとっては、こんなもの晴天と同じよね、ノア」

「メギルはすぐに来る。ふゆはるはそこにいる」

床上に横たわる身体と面を見て、財賀――ノアは言った。

「そして、おまえ。三人と三つの面が揃ったか」

「二つきりよ。ふゆはるは死んだわ」

「そう思うか？――おまえも？」

ノアは出入口の方をふり向いた。

扉の前にメギルが立っていた。

「お帰りなさい」

マキの声に稲妻が和した。

メギルは近づいてきた。水は胸まで届いている。

舞台へ上がると、

「矢潮は始末した」

と言った。

「〈新宿〉は水没しようとしている。伝説の洪水を招いてな。あなたが現われたのもそのためだ。ノアよ、今度は方舟に誰を乗せる？」

老人は低く応じた。声は明暗交錯の場内を、世界への告示のごとく流れた。

「神、我に言いたまいける〝諸《すべて》の末期《おわり》わが前に近づけり其《そ》は彼等《かれら》のために暴虐《ぼうぎやく》世にみつればなり視《み》よ我《われ》彼等を世とともに滅ぼさん〟」

ノアの声は白くかがやき、すぐ闇に呑まれた。

別の――マキの声が後を取った。

「〝然《され》ど汝《なんじ》とは我わが契約《けいやく》をたてん汝は汝の子等と汝の妻および汝の子等の妻とともに其方舟に入るべし　又諸《またもろもろ》の生物総《いきものすべ》て肉なる者をば汝各々其二《おのおのそのふたつ》を方舟に挈《たずさ》へいりて汝とともに其生命《そのいのち》を保たしむべし其等《それら》は牝牡《めお》なるべし〟」

「ふゆはるは今日の来ることを知っていたのかもしれん」

とメギルが床上の影を見下ろした。

「彼が方舟を描かせたのは、神《エホバ》の仕打ちから選ばれし者を救うためだったのかもしれん。或《あるい》いは単におれとマキとを滅ぼすためか――もうどうでもいいことだが」

「今度の方舟にはひとりしか乗れん」

ノアが息をつぎつぎ言った。水の中を歩くのに疲労困憊《こんぱい》したのである。聖書によれば、

〝地に洪水ありける時《とき》にノア六百歳なりき〟。

「放置しておけば、この街は水の底に沈み、やがて世界も同じ運命を辿る。そして、わしと方舟で逃れたひとりが、無限の力を有する仮面をもって新しい世界を創るのだ」

「やはり、二人は多いのね」

マキの眼が光った。

「ね、私を選んで」

その眼前へメギルが滑《すべ》り寄った。

「おーっと」

マキは軽々と下手《しもて》へ三メートルも跳びずさった。メギルの右手に握られた鑿を見たのである。

「ふふ、世界を飛び廻る殺し屋なんて俗な仕事に浸っていても、世界の破滅を担《にな》ってみたいのね。結局、私たちは、これを彫った連中の掌《てのひら》から逃げられなかったわけか」

メギルが右手を振りかぶった――とはマキにも見えなかった。

次の瞬間、躱《かわ》す暇《いとま》もなく、その眉間は鑿の刃《は》に打ち砕かれていたはずであった。メギルがよろめいたとき、マキははじめて彼が鑿を振りかぶっているのを見た。

「……ノア」

メギルは心臓から生《は》えた杖の先を摑んだ。

「方舟の船出まで六〇〇年。アララトから数千年を経て、なお女の色香に惑うか？　男はどうやっても女には勝てんな」

彼はマキが飛び離れる寸前、老人の股間を握りし

めているのに気づいていたのである。

「だが、おれの面を打った連中は、あなたより強いぞ」

メギルは杖に手をかけ、前方へ引き抜いた。それを振り上げ、ノアに突き立てようとしたとき、出入口から流れ込んだ黒い水が、ついに舞台の上へと押し寄せ、広がった。

「ノアよ――おまえも下りろ。方舟にはおれがひとりで乗る」

今度は狙いたがわず凶念の人型が、不意に手を止め、出入口の方を見た。

水を蹴散らしてこちらへ向かってくるのは、ジェット・チャリにまたがった麻呂亜だった。

客席は舞台より低い。水深一メートルを超す水面を、この若者は浮き《フロート》もない自転車《チャリ》を駆って苦もなく疾走してくるのであった。

メギルもマキもノアも動かなかった。敵対行動ひとつ取らなかったのは、驚いたからでも感心したからでもなく、何をしようと知れているが、一応したいだけのことはさせてやれという、魔人の優越感からきたものであった。

水上を疾駆しながら、麻呂亜は状況も取るべき行動も全身に叩き込んでいたにちがいない。

チャリが舞台に乗り上げた瞬間、彼は身を躍《おど》らせ、倒れた雇い主のかたわらに着地した。

ふゆはるの顔にがっと被さったものがある。木彫りの面であった。目鼻口しかついていない――それも単なるくり貫きにしか見えない――が、無防備に眺めていた三人が、思わず身を硬くした。それほどの妖気が漂っている面であった。

麻呂亜はさらに、腰のあたりに浮いていたふゆはる本来の面も片手でまとめて摑み上げるや、雇い主の胸に置いた。面は舞台上に達した水に乗って麻呂亜のもとに移動していたのである。

「借りは返す、か。おれの願いを聞いてくれたね」

苦渋と勝利の入り混じった若い声はメギルに向け

られていた。

沙奈のもとを訪れたメギルが壁の金庫を開け、二個の夜叉《やしゃ》面を難なく打ち壊し、残るふゆはるの面を破壊しようとした寸前、麻呂亜が到着し、その面に手を触れるなと絶叫したのであった。麻呂亜の登場は、感傷に浸《ひた》るべく訪れた恋人宅の地下の花畑で、ふゆはるとマキの会話を立ち聞いたからに他ならない。

メギルは黙って去り、麻呂亜は残った面を摑んで、〈コマ劇場〉へ向かったのであった。時間と場所は同じく二人の会話から立ち聞いたものだ。

「あの娘さんはどうした？」

メギルが暗い声で訊いた。

「沙奈さんなら、死んだよ。おれがもう少し早く駆けつけりゃ、止められたよね？」

「そうなれば、その面を見過ごしはしなかった。借りはひとつだけだ」

「ありがたい。その答えを聞いて気が楽になったぜ。沙奈さんは、亡くなる前にこの面に最後のひと打ちをくれた、これと店長の面が、あんたを滅ぼす」

メギルは鑿を手に前へ出た。

稲妻が閃いた。その光の中で、ゆっくりとふゆはるが上体を起こした。

「話は聞いた」

疲れたような声で言った。生き返るのに疲れきってしまったのかもしれない。

「今度の戦いは面たちの戦いだった。正直、誰が方舟に乗っても、と思っていたが、メギル――おまえは乗せんぞ」

仮面の奥の眼にはこの男に最もふさわしくない感情――憎悪が燃えていた。

「そうはいかん」

メギルは風を巻いて走った。ふゆはるが立ち上がるより早く、新しい仮面の眉間に、かっと鑿の刃が食い込んだ。

同時にメギルは飛び離れた。不気味なものを感じたかのような動きであった。

ふゆはるは立ち上がった。右手を鑿に掛けて引き抜いた。

「神祇家の鑿は、神祇家の打った面を決して傷つけん」

メギルが何かつぶやいた。呪詛《じゅそ》にちがいない。

「院長、ホールに水が」

と、空中に浮かんだ看護師は伝えた。

「救命車は水没。潜水状態で救助を待っております」

メギルは激しく震えた。両眼は閉じられていた。強烈な精神集中の結果であった。

ふゆはるの――沙奈の仮面も震えた。その震動の波が一致した瞬間、沙奈の仮面は十文字に飛び散った。


同時に、メギルは首すじを押さえてのけぞった。ふゆはるが縦に割れた自分の面を投げつけたのである。それは空中でつながり、メギルの首に貼りつくや、頸動脈《けい》ごとその肉を嚙《か》み切った。

光が躍り、闇が叫んだ。押し寄せた水に足を取られて、メギルは横倒しになった。必死に片腕で上体を起こし、

「力が抜けていく……血と生命が……だが、おれは方舟に乗る。ノアよ――連れていけ」

彼はふゆはるの仮面を毟《むし》り取った。その耳に、ごめんね、と聞こえた。背中に何かが貼りついた。凄まじいエネルギーの消失を感じて、メギルは床上に崩れた。背中に手を廻したが、新しく貼りつくや、それは、巧みに指を避けて、彼の生命を吸いつづけた。

「また――裏切っちゃった」

マキは左手で顔を隠した。

「でも、あたしもこの坊やに借りがあるの。手を貸

さないわけにはいかないでしょ。それに、何となくあんたを乗せたくなくなっちゃったの」

「いいや……乗る」

地獄の苦しみに喘ぐ声がこう応じた刹那、黒白の仮面は粉微塵《こなみじん》に砕け散った。

露わになった眉間には、深々と沙奈の鑿が突き刺さっていた。

ふゆはるは身を屈《かが》めて、メギルが摑んだままの仮面を取り、改めて被った。

それから、マキの方を向いた。顔を覆う女へ。

「次は、あたしたちの番ね？」

「いいや、終わりにしよう」

とふゆはるは言った。

「おまえは肉面とともに方舟に乗れ。ノア——それでいいな？」

棒立ちの老人はうなずいた。

「あなたはどうするの？」

驚きを隠さないマキへ、

「おれの生きる場所はこの街だ」

とふゆはるは言った。

「おまえが去《い》き、おれが残れば面の邂逅《かいこう》はなくなる。次に会うのがいつになるかわからんが、この街はふたたび〈新宿〉として生きていく」

彼は絵を見つめた。

それは巨大な方舟の一部と化してそびえていた。舞台の端も天井も消え去り、途方もない長さと高さを持つ船体がどこまでも続いていた。

「これも〈魔界都市〉の力か」

と、ノアが呻いた。

「行け」

とふゆはるが言った。

ノアとマキが乗り込むと、木の扉は蔦《つた》のロープで引き上げられて、船体の一部と化した。

黒い水の上を滑っていく巨大な影を見送ってから、

「おれたちも行くか」

と立ちすくむ麻呂亜に声をかけた。

「休業はとりやめとする。明日から仕事だ」

「もちろんです」

と答えてから、少年は不安そうに、場内を埋める黒い海水を見つめた。潮の香りが強い。

「――何とかなりますかね？」

「なるさ――ここは〈新宿〉だ」

仮面が微笑しているように、少年には思われた。

〈注〉この作品は月刊「小説ＮＯＮ」誌（祥伝社発行）二〇一〇年五月号から九月号までに掲載されたものに、著者が刊行に際し、加筆、修正したものです。

——編集部

あとがき

何となくヤバくなってきた。

仕事の件である。

私の作品のうち〈魔界都市〉や〈吸血鬼ハンター〉シリーズが圧倒的に多いのは、資料を読んだり取材に出向いたりする必要が、最小限で済むからだ。

前者には急行に乗れば一五分で行けるし、後者はその必要さえない。すべては私の無精が原因である。

それがこのところ、やや変わってきた。

三つの時代を、ほとんど同時に扱わなければならなくなってきたのである。

目下、連載中（やや変則的だが）の作品では古代――縄文時代が舞台だし、次に連載予定では戦国時代、眼の前でおいでおいでをしている書下ろしでは、平安京と取り組まねばならない。

どこも、最後に眼にしたのは、高校時代である。
しかし、仕事だ。私は資料を集め、ボケかかった脳細胞をフル稼働させて読み漁《あさ》った。
その結果、ひとつの真理に到達した。
読むのと書くのとは別。
これである。
私は書くのは仕事にするほど好きだが、読むのは全然——
ダメ。
であったのだ。
どーも、年齢《とし》のせいではなく、もともと、
字が読めない。
らしいのだ。いや、正確には、
読むのが面倒臭い。
映画や漫画が好きなのは、字幕だけで済む。
からに違いない。
しかし、字を読むのが嫌いな作家か。根本的な間違いがあるよな。
——とまあ、正直な告白ついでに告白しておくと、知識を得るのは楽しい。

どの世界も、私に新しい興味と関心を与えてくれる。たとえ、急場の詰め込みであろうとも、だ。

外から与えられなくては、到底手がける気にならなかった物語群が、私を駆り立てている。

人間、やってみるもんである。

縄文時代は、じき本になる予定だし、平安時代の完成もそう遠い未来ではあるまい。戦国はこれからお付き合い願う。

その他、時代劇やらジュニア向き冒険ものやら、ホラーやら。

まあ、お楽しみに。

対して、この『兇月面』は、もろ私の世界である。

「AWSフラワー」のモデルになった店舗も、その他諸々の土地も、すべて私の記憶にある。現実の「新宿」は日々移り変わり、それに伴って〈新宿〉もうつろっていく。

それでもなお、月光が照らす〈歌舞伎町〉の街路には、影を落とさぬ人々が歩き回り、時間《とき》の中をさまよう古《いにしえ》の物語が、ようやく安住の地を見出して、欲望と悲しみに身を灼《や》く男女が、秋せつらとドクター・メフィストのもとを訪れるのである。

私がどんな時代の物語を綴《つづ》ろうと、〈新宿〉のことを、読者よ、お忘れなく。

二〇一一年一月一九日

「失われた世界《TWO LOST WORLDS》」（'51）を観ながら

菊地秀行

祝月面

ノン・ノベル百字書評

キリトリ線

兇月面

なぜ本書をお買いになりましたか（新聞、雑誌名を記入するか、あるいは○をつけてください）

- □ （　　　　　　　　　　）の広告を見て
- □ （　　　　　　　　　　）の書評を見て
- □ 知人のすすめで
- □ タイトルに惹かれて
- □ カバーがよかったから
- □ 内容が面白そうだから
- □ 好きな作家だから
- □ 好きな分野の本だから

いつもどんな本を好んで読まれますか（あてはまるものに○をつけてください）

●**小説**　推理　伝奇　アクション　官能　冒険　ユーモア　時代・歴史　恋愛　ホラー　その他（具体的に　　　　　　　　）

●**小説以外**　エッセイ　手記　実用書　評伝　ビジネス書　歴史読物　ルポ　その他（具体的に　　　　　　　　）

その他この本についてご意見がありましたらお書きください

最近、印象に残った本をお書きください		ノン・ノベルで読みたい作家をお書きください	

1カ月に何冊本を読みますか	冊	1カ月に本代をいくら使いますか	円	よく読む雑誌は何ですか	

住所					
氏名		職業		年齢	

あなたにお願い

この本をお読みになって、どんな感想をお持ちでしょうか。

この「百字書評」とアンケートを私までいただけたらありがたく存じます。個人名を識別できない形で処理したうえで、今後の企画の参考にさせていただくほか、作者に提供することがあります。

あなたの「百字書評」は新聞・雑誌などを通じて紹介させていただくことがあります。その場合はお礼として、特製図書カードを差しあげます。

前ページの原稿用紙（コピーしたものでも構いません）に書評をお書きのうえ、このページを切り取り、左記へお送りください。祥伝社ホームページからも書き込めます。

〒一〇一―八七〇一
東京都千代田区神田神保町三―六―五
九段尚学ビル　祥伝社
ノン・ノベル編集長　辻　浩明
☎〇三（三二六五）二〇八〇
http://www.shodensha.co.jp/bookreview/

NON NOVEL

「ノン・ノベル」創刊にあたって

「ノン・ブック」が生まれてから二年一カ月、ここに姉妹シリーズ「ノン・ノベル」を世に問います。

「ノン・ブック」は既成の価値に〝否定《ノン》〟を発し、人間の明日をささえる新しい喜びを模索するノンフィクションのシリーズです。

「ノン・ノベル」もまた、小説《フィクション》を通して、新しい価値を探っていきたい。小説の〝おもしろさ〟とは、世の動きにつれてつねに変化し、新しく発見されてゆくものだと思います。

わが「ノン・ノベル」は、この新しい〝おもしろさ〟発見の営みに全力を傾けます。ぜひ、あなたのご感想、ご批判をお寄せください。

昭和四十八年一月十五日

NON・NOVEL編集部

NON・NOVEL —885

魔界都市《まかいとし》ノワール　兇月面《きょうげつめん》

平成23年２月20日　初版第１刷発行

著　者　菊《きく》地《ち》秀《ひで》行《ゆき》
発行者　竹内和芳
発行所　祥《しょう》伝《でん》社《しゃ》
〒101-8701
東京都千代田区神田神保町 3-6-5
☎ 03(3265)2081(販売部)
☎ 03(3265)2080(編集部)
☎ 03(3265)3622(業務部)

印　刷　萩原印刷
製　本　関川製本

ISBN978-4-396-20885-1　C0293

祥伝社のホームページ・http://www.shodensha.co.jp/